고시원은 괜찮아요

고시원은 괜찮아요

차 창 룡 시 집

창비

차 례

제3부

제4부

제1부

기러기의 뱃속에서 낟알과 지렁이가 섞이고 있을 때

강가에 물고기 잡으러 가던 고양이를 친 트럭은
놀라서 엉덩이를 약간 씰룩거렸지만
아무렇지도 않게 북으로 질주한다
숲으로 가던 토끼는 차바퀴가 몸 위를 지나갈 때마다
작아지고 작아져서 공기가 되어가고 있다
흰구름이 토끼 모양을 만들었다
짐승들의 장례식이 이렇게 바뀌었구나
긴 차량행렬이 곧 조문행렬이었다
시체를 밟지 않으려고 조심해도 소용없다
자동차가 질주할 때마다 태어나는 바람이
고양이와 토끼와 개의 몸을 조금씩 갉아먹는다
고양이와 토끼와 개의 가족들은 멀리서 바라볼 뿐
시체라도 거두려고 하다간 줄초상 난다
장례식은 쉬 끝나지 않는다
며칠이고 자유로를 뒹굴면서
살점을 하나하나 내던지는 고양이 아닌 고양이
개 아닌 개 토끼 아닌 토끼인 채로 하루하루

하루하루 석양만이 얼굴을 붉히며 운다
남북을 자유자재로 오가는 기러기의 뱃속에서
낟알과 지렁이가 뒤섞이고 있을 때
출판단지 진입로에서도
살쾡이의 풍장(風葬)이 열하루째 진행되고 있다

흑석동 68-15번지가 번영14길 8이 될 때

열여덟 번을 집을 바꾸어 이곳에 오니 삶이란
그렇게 떠돌아다니고도 깃들일 집이 있다는 것이
눈물겹도록 고마운 일이어서
가로등이 나의 방을 굽어보면서 빗소리를 빛으로 바꾸
고 있는 것을
환희로 바라보고 또 바라보는 것이다

친구들과 놀러 갔다가 홀로 돌아와보면 왠지 나만 쓸
쓸한 것 같지만
세상일에 한없이 초연한 이 방이야말로 더욱 쓸쓸하
다며
창문이 바람의 힘을 빌려 콩콩거리면 그래 외로운 이
는 외로운 이와 함께
소주 한잔 하는 것이라며
한일상회에서 소주 한병 사들고 오는 것이다

소주병을 따 술 한잔 쭉 들이켜면서

나의 친구들은 하나같이 행복하고 제 아내가 갈수록
좋아진다 하더라
  가족이 옷처럼 편안해졌다 하더라 침묵으로 일관하는
빈방에게 전하면서
  옥탑방이 옥탑방의 손을 잡고 줄줄이 저 한강으로 달
려가는 모습을
  병원과 교회가 가로막는 광경을 지켜보기도 하며

  정체 모를 여인의 흐느끼는 소리에 잠을 이루지 못하
는 밤이 숱하지만
  이웃집 남자가 하루걸러 살림을 부수는 통에 심심하지
않고
  번개가 번쩍이는 밤이면 물고기가 인간을 구원하는 먼
나라의 신화를 생각하면서
  한강에 빠진 남산과 인왕산과 북한산이 내 방 창문에
물방울로 맺히는 것을
  아름다이 만져보고 또 만져보는 것이다

고시원은 괜찮아요

이 선원의 선승들은 하늘과 땅 사이에서 오직 혼자이
지요
홀로 존귀한 최고의 선승들입니다
108개의 선방에는 선승이 꼭 한명씩만 들어갈 수 있어요
여느 선방과 달리 방 안에서 무슨 짓을 해도 상관없습
니다
잠을 자든 공부를 하든 밥을 먹든 자위행위를 하든
혼자서 하는 일은 무엇이든 괜찮습니다
가끔 심한 소음이 있어도 자기 일이 아니면 가급적
상관하지 않습니다 정 참지 못하면
총무스님에게 호소하면 됩니다
중국 일본 필리핀 말레이시아 방글라데시 그리고 한국
식탁에는 온통 외국인뿐입니다
이곳은 외국인을 위한 선원인 것이지요
금지된 것이 아님에도 불구하고
공양간에 함께 모인 선승들은 말이 없습니다
말은커녕 입도 벌리지 않고

그들은 밥을 몸속으로 밀어넣습니다

다년간 수행한 덕분이지요

오래 수행한 선승일수록 공양할 때 소리가 나지 않습
니다

뱃속으로 고요의 강이 흐르고 흘러 바다에 이르면

가끔 화장실에 갑니다 화장실은 늘 만원입니다

괜찮습니다 참는 것이야말로 최고의 수행법이니

비가 와도 바람이 불어도 불이 나도 괜찮아요

13호실에 비상용 사다리가 있지만

서로 간섭하지 않는 미덕이 습관이 되어

나와 직접 관계되지 않은 일에는 끼어들지 않습니다

괜찮아요 불이 나도 어차피 열반에 들면

누구에게도 방해되지 않을 테니까요

고시원에서

고향을 떠난 사람들이 이곳에서 산다
한때는 야망을 품고 이곳에 왔고
한때는 갈 데가 없어 이곳에 왔으나

가족들과 헤어진 사람들이 이곳에서 산다
가족들을 잊기 위해 산다
가족들을 잊지 못해 산다
가족들과 영영 헤어지기 위해 산다

헤어짐이란 고시와도 같은 것
나는 날마다 고시공부하듯 결별의 책을 읽는다
벽마다 책이 쌓여서 무너질까봐
그 위를 무거운 책으로 눌러놓고는

나를 포위한 책 속에서 행복하다
책을 벗어나지 못하는 내게는
책으로 만든 장작불이야말로

최고의 다비식을 제공할까

바람이 많은 곳이어서 바람은
혹은 바람이 전혀 없는 곳임에도
없는 바람마저 뼛속을 누빈다
뼛속을 빼고는 관속처럼 아늑하여라
창문 없는 내 방이여

참 이상하다 사람이란
바람을 피해 바람이 없는 방을 찾더니
바람이 그리워 방을 옮기는 사람이란
바람을 배반하고는 바람에게 배반당하리

옮기자마자 북쪽에서 바람이 몰려온다
고립의 성채를 두드리는 바람 두려워
나는 확 창문을 닫는다
바람과 함께 들어오던 삼각산이

유리에 이마를 부딪혀 푸른 피를 흘리는데도

성교에 관한 몽상

달동네에서는 웬만한 소리는 공유해도 좋다
집과 방과 문과 창이 불규칙하게 얼굴을 맞대다보니
어디서 나는 소린지는 분간하기 힘들지만
또 알려고 할 필요도 없지만
옆집에서 신음소리가 들려오는 밤이면

나는 상상한다 볼록한 남자의 성기가
오목한 여자의 성기 속으로 들어가는 순간을
그 순간의 반복을
하느님이 남자와 여자를 창조하실 때 이 순간을
이 순간의 반복을
예측하고 계셨을까
그 순간이 품고 있는 배반을 배반의 반복을

야훼 하느님께서 아담을 깊이 잠들게 하신 다음 아담
의 갈빗대를 하나 뽑고 그 자리를 살로 메우시고는 그 갈
빗대로 여자를 만드신 다음 아담에게 데려오시자 아담이

말하기를 드디어 나타났구나 내 뼈에서 나온 뼈요 내 살
에서 나온 살이로구나 지아비에게서 나왔으니 지어미라
고 부르리라 그리하여 남자는 어버이를 떠나 아내와 어
울려 한몸이 되게 되었으나 아담 내외는 알몸이면서도
서로 부끄러운 줄을 몰랐더라(「창세기」 2:21~25)

　부끄러움을 몰랐으니 최초의 성교는 무미했겠지만
　금기가 없었으니 짜릿함도 없었겠지만
　쾌락이 없었으니 고통도 없었을까
　고통이 몸부림치는 밤이면
　그 시절이 목마르게 그리워지기도 하지만
　성교의 즐거움은 금세 하느님을 버리고 만다
　귓속을 은밀하게 파고드는 뱀의 촉촉한 목소리가
　인간의 밤을 수놓으면

　달동네에서는 웬만한 소리는 공유해도 좋지만
　옆집에서 신음소리라도 들려오는 날이면

내 몸은 또 에덴동산 따위는 까마득하게 잊고는
알몸의 여자를 그리워하고 마는 것이다
하느님이시여 신음소리라도 만들지 않으셨어도

간증(干證)

사법신 바루나의 눈은
태양
태양은 온누리에 공정하게 햇살을 보내지만

나는
지하방에 살고 있다

햇살을 주시옵소서
햇살을 주시옵소서
햇살을 주시옵소서

번개가 급하게 왔다가 사라지자
천둥이 길게 소리를 질렀다
하수구를 통해 강으로 가던 물들이
지하방으로 역류하자
나는 빛이 한번도 들어오지 못한 길을 걸어
밖으로 나왔다

햇살을 주시옵소서
햇살을 주시옵소서
햇살을 주시옵소서

비가 그치자
햇살이 긴 그림자를 드리우며
빌딩 창문을 공평하게 비추어주더니

철퍼덕 웅덩이에 빠졌다가
스리쿠션으로 내 얼굴을 방문했다
햇빛이 너무 아름다워 나는
눈뜨고는 밀양(密陽, Secret Sunshine)*을 볼 수 없었다

* 이창동 감독의 영화(2007).

흑석3동에는 우물 둘 바위 하나

두 개의 우물에서 태어난
보이지 않는 여인들이
무수히 많은 물동이를 이고 간다

여인들이 낳은 남자들이
바위를 달마산으로 밀어올리면
하늘에서 벼락이 내려와
바위를 밀어버린다

검게 그을린 바위가 겁을 먹고는
굴러떨어지다가 곤두박질치다가
물동이를 줄줄이 깨뜨리다가

동사무소 옆에 콕 박히는 순간
나의 이마에 떨어진 물방울이
눈썹을 타고 변두리로 가는 동안

역사는 우물의 저주를 덮기 위해
이곳에 아파트를 짓기로 했다

여자의 짝은 결국 여자였다

생활고 때문에 아내와 싸운 아침
바다로 출근하는 한강물에 뛰어들고 싶다
한강이여 나를 다시 새우로 태어나게 해주련
한강은 풍덩 가슴을 벌려 나를 안는다
윤회의 굴레에서 벗어날 수 없다면 이 여자의 자궁에서
가장 작은 생물로 태어나게 해달라 발원하는데
한강은 묵묵히 북쪽으로 달려갈 뿐이다
오두산 근방에 안개가 자욱하게 끼더니
북쪽에서도 홀연 남으로 오는 여자 있어
나는 그녀의 치맛자락을 붙잡고 또 빌어본다
당신의 자궁에서 플랑크톤이나 되게 하소서
그 은혜 현금써비스 받아서라도 갚으오리다
한도가 꽉 찼다는 걸 아시는지
두 여자 내 목소리에는 아랑곳없이
서로 껴안고 사타구니를 비빈다
여자와 여자가 이래도 되는 것인가
두 여자 온몸으로 교접하고 있을 때

거품이 부글부글 일어나면서

서해에서는 갯지렁이와 꽃게와 낙지와 전어가 태어
나고

홍합과 굴이 바위에 덕지덕지 붙어 있다

서쪽을 향해 그토록 부지런히 달려왔던 두 여자

여자의 짝은 처음부터 여자였다

하류에 와서 한강과 임진강은 비로소 제 짝을 만나

서해를 낳았다

내가 옥탑방을 선택한 이유

돈이 없어서가 아니에요
하느님을 가장 가까운 곳에서 만나뵙기 위한 것일 뿐

고층아파트도 있는데 왜?

옥탑방이 하느님과 더 가깝다는 것 증명해 보일까요
천둥을 생각해보세요
천둥은 하느님의 목소리거든요
천둥이 옥탑방을 뒤흔들면
옥탑방은 부르르 떨림으로써 신의 강림을 환영합니다
고층아파트는 꼼짝도 하지 않을걸요
하느님이 번개의 시선으로 지상을 내려다보는 날이면
나는 잠을 자지 않고 하느님의 말씀을 듣습니다
빗소리가 된 하느님의 음성이
내 살갗에 박히는 환희의 시간이지요

여름에는 덥고 겨울에는 춥지 않니?

하느님의 사랑인 것이죠
햇살이 내 몸을 단련하고요
바람이 내 몸을 식혀주고요
하느님의 명령을 받은 옥탑방은
때로는 찜통이 되어 땀을 쭉 빼주고
때로는 눈으로 이불을 푹 덮어주지요
내 몸은 살균되어 병도 없어요
덥긴 무지하게 덥지만요 하나도 덥지 않아요
춥긴 무지하게 춥지만요 하나도 춥지 않아요
하느님의 사랑인걸요

전세값을 올려받아야겠구나

어느 정도 올려받아야 할지 모르시겠다고요
옥탑방이 얼마나 좋은지 한번 경험해보세요
일년만 양보해드릴게요

일년만 서로 집을 바꿔 살아보는 거예요

사면이 하늘인 섬에서

상추를 기르세요 고추를 키우세요 무를 드세요

이곳에서 먹는 밥은 밥이 아니에요

이곳에서 자는 잠은 잠이 아니에요

직접 느껴보세요 하느님의 사랑을

직접 만져보세요

텔레비전 안테나가 성스러이 흔들리는 것을

돈이 없어서가 아니라니까요

아스팔트의 수심은 검고

1200번이나 9706번 버스를 타고 일산에 들어서자마자
내리면
　경기도 고양시 일산동구 백석2동 정류장
　길 건너에 나의 집 현대밀라트가 있다

　길은 강이 되어 흐른다
　강은 둘
　좌에서 우로 흐르는 강과
　우에서 좌로 흐르는 강
　강물은 쉬 멈추지 않는다

　집은 뽀로 앞에 있는데
　200미터를 걸어야 나오는 횡단보도를 이용하기는 억
울하여
　나는 하느님께 기도를 올린다

　그때 왼쪽에서 오던 차들이 하느님의 명에 따라 딱

멈추는 것이었다
이스라엘 사람들에게 홍해가 열리듯이
강은 입을 벌리고 사람들을 빨아들였다가 뱉는다

강과 강 사이에 섬이 있다
섬에는 나무 몇그루
한번도 섬을 벗어난 적 없다
섬을 지키는 나무는 고독하다
귀가 먹었다

상륙작전에 성공한 사람들은 다시 기도에 돌입했으나
하느님도 귀가 멀었다
대신 신호등이 응답하는 것이었다
오른쪽에서 오던 차들이 신호등의 명에 따라 멈추었다
신호등이야말로 하느님이라는 것을 깨달으며

두 개의 강을 건너 집으로 오는 것

때로 위험하다는 것을 알면서도
　집이란 한시가 급한 것이었고
　전지전능한 신호등의 보호가 있었으므로
　어느새 나는 그 기적을 즐기게도 되었다
　나의 집 아닌 나의 집 현대밀라트는 날마다 일어나는
기적을
　수백개의 창으로 지켜보았다

　아스팔트의 수심은 검고
　수많은 사람들이 검은 물속에 뛰어들었으나
　아직 아무도 익사하지 않았다

말장난

아내는 경기도 고양시 일산동구 백석동에 남고
남편은 서울시 동작구 흑석동에 오는
순간
흑백논리가 분명해졌다

하나님이 가라사대 우리의 형상을 따라 우리의 모양대
로 우리가 사람을 만들고 그로 바다의 고기와 공중의 새
와 육축과 온 땅과 땅에 기는 모든 것을 다스리게 하자 하
시고 하나님이 자기 형상 곧 하나님의 형상대로 사람을
창조하시되 남자와 여자를 창조하시고 하나님이 그들에
게 복을 주시며 그들에게 이르시되 생육하고 번성하여 땅
에 충만하라 땅을 정복하라 바다의 고기와 공중의 새와
땅에 움직이는 모든 생물을 다스리라 하시니라(『구약』)

하나님을 믿는 대한민국 대통령 후보의
형제자매 일가친척들은
하나님을 믿고 많은 땅을 정복하였다

그들은 하나님의 말씀을 발췌하여
외우고 또 외우기를 땅 정복하듯 하였다

악의 열매가 익기 전에는
악한 사람도 복을 만난다
악의 열매가 익은 뒤에는
악한 사람은 죄를 받는다(『법구경』)

자식이 아프면 내가 아프다
한화그룹 김승연 회장은
자식이 깡패들에게 두들겨맞고 오자
녀석들을 흠씬 두들겨주었다
경찰은 악의 열매가 익는 동안
수사를 중단해주었다
경찰이 부처님의 말씀을 이토록 잘 지킬 줄이야

너희의 채무자가 곤란한 지경에 처해 있거든

사정이 좋아질 때까지 지불유예 기간을 주라
너희가 그의 부채를 자선으로 면제해주는 것은
너희에게 더욱 좋을 것이니라(『꾸란』)

백화점에서 옷장사하는 동생의 사업자금을 위해
연대보증을 선 신씨는 거리에 나앉아
하루 한번 교회에서 제공하는 밥을 먹는다
생애 가장 맛있는 음식을 날마다 먹는다
경전의 말씀은 틀린 것 하나 없고

모든 강물이 바다로 흘러들어가지만
바다는 넘치지 않고 고요한 것처럼
감각기관의 욕망을 내면의 바다로 끌어들이는 사람은
지고의 평화를 누린다
하지만 욕망을 좇는 사람은
결코 평화의 바다에 이르지 못한다(『바가바드 기타』)

농사를 짓던 이씨는 자신의 동네가 신도시가 되자
자기도 모르게 부자가 되어
일하지 않아도 살 수 있으니 현명해라
감각기관의 욕망을 내면에 접고 찜질방에서 코를 골고
있다
룸쌀롱이나 안마시술소에 가고 싶어도 꾹 참고
화투도 손대지 않고 경마장에도 가지 않으니
보아라 평화의 바다가 그의 뱃속에서 오르락내리락하
는 것을

공자 말하기를 거친 밥에 맹물 마시고 팔을 굽혀서 그
것을 베개로 삼더라도 즐거움이 그 속에 있으니 의롭지
않은 부귀는 내게 뜬구름과 같도다(『논어』)

혹석동 68-15번지에서 번영14길 8로 바뀌는
순간
나는 노숙자가 되었다

미꾸라지

저 한없는 거부의 유연함
갇혀 있기 싫다고 끊임없이
유리벽을 들이받으나
워낙 부드러워서 자해하지도 못하는 저
물렁물렁한 것이 어찌 정력제가 된단 말이오
의문을 품으면서도
나는 추어탕을 시켰다
온 마을 미꾸라지가 집단으로
잡혀왔을까
서로 몸을 비비기를
한시도 쉬지 않는 모습
들여다보고 있으니 자꾸 눈물이 난다
우리도 언젠가 저렇게 집단으로 발가벗긴 채
어항 속에 갇힌 적 있었던가
가루가 되어서도
매콤한 국물이 되어서도
비폭력의 저항을 굳게 믿은 적 있었던가

무저항의 저항이야말로

진짜 힘이라고 목청껏 외친 적 있었던가

어차피 미꾸라지는 잡아먹히기 위해 태어난

『동의보감』에도 소개된 정력제라고 떠벌리며

짓니기어져 짓니기어져*

누가 누군지 구별하기도 힘든

미꾸라지 마을의 학살 현장에

나는 독한 산초가루를 뿌렸다

* 서정주의 풍류가 넘치는 시 「格浦雨中」은 "한줄 굵직한 水
墨글씨의 詩줄이라야 한다는 것을/짓니기어져 짓니기어져
사람들은 결국/쏘내기 오는 바다에/이 세상의 모든 채송화
들에게/豫行演習시켜야지"라고 말하고 있다. 그중 "짓니기
어져 짓니기어져"를 감히 졸시에 빌린다.

제2부

긴 여행

천수만에는 여행중인 새들
게스트하우스는 연일 만원이다
여행중에는 항상 부지런해야 한다는 것을
평생 역마살이 낀 새들은 알고 있는 것일까
해가 뜨기 전 그들은 벌써 솟아오른다
태양을 향해 햇빛을 먼저 보기 위해
구름 구름 구름이 되는 새들
태양은 구름을 뚫고 간월암을 비추어라
구름 속에서 뛰어내린 기러기는 낟알을 줍고
구름과 함께 내려온 오리들은 물속에 처박혀
스노클링을 한다 물속이 궁금해진 사람들이
망원경으로 새들을 보면
물안경을 쓴 새들의 눈동자에 물속 세계
개우럭이 오리의 부리에서 갈기갈기 찢어질 때
햇살은 눈이 부셔 오리를 팽개친다
몸부림을 치며 물속에 숨는 오리
그렇게 여행자의 하루는 스노클링으로 마감한다

여행자들이여 아무 일 하지 않느라 수고 많았을
하루를 위해 술집으로 가거라
낟알이나 세던 기러기들이 약속장소로 날아오르고
스노클링으로 하루를 허비한 오리들도 동료들을 모으
더니
다시 하늘은 기러기와 오리의 구름이더니
굴밥과 어리굴젓을 파는 술집에 기러기떼 오리떼
나도 그 틈에 끼어 새밥을 잘 먹고 술도 한잔
아직도 여행중이시오 물으면
고단한 새들을 태우고 간월암은 바다 가운데로 들어
간다

빙어

내 마음의 내장을 치료해달라고
내 마음의 뼈를 교정해달라고
온몸으로 엑스레이를 찍어두었지

엑스레이가 지워지지 않도록
나는 차가운 물에서만 사노라
내 마음의 병 치료할 날 기다리며
고행에 열중하다보면

어느날 하늘이 열리고
천사들이 내려주는 동아줄
입에 물고 하늘로 오르네
하늘의 의사는 나의 꼬리를 붙들고

너의 뜻 알았다는 듯
덜덜 떨고 있는 내 몸에 빨간 약을 바르고
포드닥 흔들어대는 나의 머리부터

자신의 입속으로 집어넣고

내 마음의 내장을 내 마음의 뼈를
치료하고 있네 오물오물
내 몸을 지움으로써

버들치

얼음은 죽어가면서
밤새 노래부르더니
열린 어항 속에서
버들치로 되살아난다

버들치는 맛이 없다
투명하다
뼈가 들여다보인다
슬픔을 엑스레이로 촬영한

버들치의 영해에
상처난 발 넣었더니
슬픔의 뼈 뚫고 나온
버들치 입

버들치는
상처가 무슨 집인 줄 알고

상처의 문인
딱지를 뗀다

고양이가 보이기 시작하는 시간

계곡물 소리는
꼭
토끼가 고구마를 갉아먹는 소리다

내 귓가를 갉아먹는
계곡물

내 귀는 소리를 잃었다

갑자기
날이 어두워진다

3월

이제는 달라져야겠다

한강이 내려다보이는 방에
화분을 새로 들여놓는다
이제는 달라져야겠다

겨울이 대문 열고 나가자
바람이 따라나가네
에이 문 좀 닫고 나가지

그래도 달라져야겠다

4월

호수는 이제
화면을 통해 내보낸
음란한 동영상을 본 수많은 나무들이
미쳐 날뛸 것이라 믿고 있다

나무와 풀과 벌레 들이 교접하는 것을
호수는 물끄러미 카메라에 담았다가
대형화면에 출력하면
되는 것이다

밤은 가끔 특유의 속성으로
카메라를 방해하지만
물 위에 벚꽃잎 가득하니
어둠속에서도 더욱 빛나는 욕망 있어라

나무의 찢어진 가랑이 틈으로
꽃가루 휘날리는 아침이 기어들면

호수에 빠진 당신과 나의 나체는
젖은 아랫도리가 부끄러워

서로의 성기를 성기로 막고
멀리서 기생관광 온 황사가 기절하여
꽃잎 위에 엎어짐이여
호수는 침을 흘리며 흐뭇하다

5월

이제는 독해져야겠다
나뭇잎이 시퍼런 입술로 말했다
이제는 독해져야겠다
나뭇잎이 시퍼런 입술로 말했다

내 친구들이 독해지고 있기 때문이다
성공한 내 친구들이 독해지고
성공하려는 내 친구들도 독해지고
실패한 친구들도 독해지고 있기 때문이다

달라진다는 것은 외로워진다는 것
독해지지 않겠다는 것은 아니지만
나라도 달라질 수는 없을까
달팽이가 갑옷을 입고 풀잎에 앉을 때
민달팽이가 맨몸으로 맨땅을 기어가듯이

이제는 독해져야겠다

달라지지 않겠다는 것이 아니라
이제는 독해져야겠다 이제는 독해져야겠다
나뭇잎이 또 시퍼런 입술로 말했다

나무의 사랑

출근하는 것이 죽기보다 싫어질 때
내 가슴팍으로 난 산길을 밟고 산책을 떠나면
계곡에서는 나무들이 살고 있다

일용할 양식으로 쥐여준 한줌 흙과 한바가지의 물
그것만으로 나는 만족했었지
그러나 지금 내가 움켜쥔 것은 마른 바윗덩어리
입안에 넣고 수십번을 씹어도 물 한모금 나오지 않는

나무에게도 풍수지리가 있었구나
왜 하필 보기로만 풍요로운 계곡에서 태어나
산의 사타구니에서 흘러나오는 흥건한 오줌
보고도 마른침만 삼킬 뿐

불만으로 가득 찬 피조물들에게 화가 난 신이
분노의 홍수를 내려보내자
그나마 내 척박한 식량은 머나먼 여행을 떠나버린다

54

내 가슴팍으로 떨어지는 폭포를 타고

신은 왜 없는 자에게 더 큰 벌을 내리는가
더이상의 굴욕이 싫어 나의 산책은
계곡의 버드나무에게 누런 오줌을 싼다
오줌의 주먹을 얻어맞은 양지꽃 이파리
신음소리도 없이 죽어간다

명옥헌 민달팽이

낮은 산들과 들판 향해 끝없이 펼쳐지는 세상 바라보며
세상을 잊기 위해 지은 집 명옥헌(鳴玉軒)의 주인은
평생을 개울물 소리와 함께 놀다가 죽어서 이슬이 되
었다네
그 이슬 환생하여 어느 여름 민달팽이로 방바닥을 기
어가더라
사람을 보고도 서두르지 않는 민달팽이 온몸으로 눈물
흘리며
전생에 홀가분하게 살고자 했듯이 등에 짊어진 집도
벗어던졌나
내 집은 명옥헌, 민달팽이 떠나지 않고 방 안에 맨몸으
로 누워버린다
굵어지는 빗방울이 집 안에 들어오고 싶은지 자꾸만
지붕을 두드리고
비가 그칠 때까지 나도 누워 한숨 잠을 청한다
꿈속에서 나는 달팽이 되어 명옥헌을 짊어지고 다녔지
잠에서 깨어보니 비도 그치고 민달팽이는 사라지고 없다

내 몸에 달라붙었나?
나는 없는 민달팽이를 툭툭 털었다

내비게이션
나는 네가 가는 모든 길을 알고 있다

너 있는 곳 알려줄까
별이 말을 걸었다

대지를 메운 장엄한 행렬 속에서 차는
망태를 들고 별을 따러 가듯
언덕을 기어 하늘로 오르고 있었다

화면을 통해 보이지 않는 얼굴을 내민 별은
꿈틀거리는 지도에
연방 붉은 줄을 그으면서 웃었다

네가 있는 곳이 어딘지는 그냥
내려다보면 아는 일인걸 하지만
뜬구름 위에 있는 넌 내려다볼 수 없으리
내게 물어봐
나는 네가 가는 모든 길을 알고 있어

경적이 조급하게 울었다
나는 아무 데도 가지 못하고
문을 열어 바람으로
멍에가 된 붉은 줄을 지우려 하였다
그때 별이 또 메씨지를 보냈다

제한 최고속도
시속 구십 킬로미터 구간입니다

나는 내가 있는 곳이 어디인지 몰라

나는 내가 있는 곳이 어디인지 몰라
내가 있는 이곳은 내가 있는 이곳이고
네가 있는 그곳은 네가 있는 그곳인데
모른다니 그곳이 그곳이고 이곳이 이곳인데
제자리에서 헤매던 중 맴돌던 중
하느님의 전령이 나타나더군
차량자동항법장치라는 것을 든 흑기사였어
공짜로 달아드립니다 신을 종으로 부리게 되지요
네가 있는 곳이 곧 네가 있는 곳임을
명명백백히 알려드리는 신입니다 종입니다
휴대폰 사용료만 저희 회사로 내십시오
공짭니다 공짭니다 신도 공짜 종도 공짜
말도 안돼 말도 안돼 말도 안돼요
악마가 나타나 귓속말로 지저귀는 것이었어
공짜가 어딨어 공짜가 어딨어 공짜가 어딨어
둘 중 하나는 가짜였지만 나는 내가 있는 곳도 몰라
공짜가 가짜인지 진짜로 공짜인지 알 리가 없지

악마의 말은 내 머리를 쥐어뜯었어

진실은 원래 듣기 싫은 거야

악마가 더욱 집요하게 머리채를 잡아당기는 동안

하느님의 전령은 신전을 완성했어

이년 전화비를 한꺼번에 몽땅 지불한 뒤

와 나는 드디어 내가 있는 곳이 어디인지

알게 되었어 무서울 게 없어 와와와

달이 갈수록 카드빚은 늘었어 늘었어 늘었지만

그것은 내가 있는 곳을 알게 된 대가겠지

신은 나의 종이 되었어 내가 있는 곳

그곳이 어디든 따라오는 나의 신은 나를

어디론가 끌고 끝없는 길을 나의 종은

가고 있어 가고 있어 내가 있는 곳

그곳이 어디인지 알려주려고 끝까지

동학사

비구니 스님의
목소리가
여자 물소리여서
참 황홀했다

겨울나무

당신은
당신 몸보다 두꺼운 옷을 입었구려만
난 보아요 보고 말아요

그 옷 안에
보드레한 흙과 돌
젖꼭지 모양을 한 산이 있는 걸

산이 있으면 골이 있는 걸
단단한 갑옷 안에
서러운 강 노래하는 걸

거침없이
당신의 옷 풀어헤칩니다만
난 들어요 듣고 말아요

새는 결국 땅으로 돌아오고야 만다*

새는 결국 땅으로 돌아오고야 만다
뱃속에 밀어넣은 간월암
그 투명한 굴밥과 어리굴젓
뱃속에서 연료가 된다
솟아오르라
부릉 부릉 푸드덕
새는 결국 하늘로 솟아오르고야 만다
하늘보다 더 넓은 사막이 있을까
하늘보다 더 넓은 바다가 또 있을까
모래알이 되어버린 새는
물거품이 되어버린 새는
어차피 길은 없었으므로
끝내 하늘을 포기하지 않는다
화장실도 가지 않고
하늘에서 그냥 똥오줌을 싼다
간월암은 바다 한가운데 빠져버린다
더 높이 솟아오르라

아 그러나

어차피 한발짝도 솟아오르지 못했음을 깨달으며

끼룩 끼루룩 깔깔 툴툴 피리릭거리면서

새는 결국 땅으로 돌아오고야 만다

* 화가 박방영의 그림 「너의 기쁨은 나의 것」을 보고 쓰다.

제3부

홍수

'젖의 바다'*에서 온갖 생명이 탄생하고
신의 노여움이 홍수로 변해
만물은 폐허가 되리라

단 한 가족이 살아남았는데도
어느새 세상은 불바다가 되었다

* 불사의 감로수를 건져낸 인도 신화 속 바다. 그곳에서 신들
  의 의사인 단완타리와 유지의 신 비쉬누의 아내 락쉬미 등이
  나왔다.

우물

아흐메다바드*의 다다 하리 와브(Dada Hari Wav)는
건축물로서의 우물이다. 물의 집, 이토록 호화로운 주택
을 소유한 물이 어디 있으랴. 그러나 물은 새가 되어 날
아가버렸으니, 물의 죽음만이 아직도 남아 넓은 집 안을
쓸쓸히 지키고 있다. 인도의 3대 건축물인 타지마할은
죽은 사람의 집이고, 엘로라 16번 동굴은 죽은 신의 집이
며, 이곳 다다 하리는 죽은 물의 집. 죽음이란 공기(空氣)
이다.

  둥근 하늘에 뜬 가오리연
  한마리의 새로 변하더니
  마른 우물 속으로 날아들어온다
  화들짝 공기들이 놀란다

우물이란 물을 퍼내는 곳이니, 원칙적으로 우물은 물
의 집이 아니다. 물은 현상적으로 그곳에 살고 있었으나,
사실 땅속 깊은 곳에 그들의 도시가 있고, 하늘 높은 곳

에 그들의 나라가 있었다. 우물은 물의 임시숙소이자 버스정류장이자 기차역이자 공항이자 사형장일 뿐이었으니, 어느날 물은 반란을 일으켰고, 반란에서의 승리는 물의 죽음이었다.

  이 도시 아흐메다바드의 주인은
  공기를 잡아먹는 매연과 배기가스
  공기는 도시를 배회하다
  새의 뒤를 밟은 끝에 우물을 찾았다

  우물 속에는 이제 공기가 살고 있다. 물은 퍼내면 마르지만, 공기는 아무리 퍼내도 마르지 않는다. 물보다 공기가 진한 것이다. 부드러운 것이다. 공기인 죽음이 물인 삶보다 강한 것이다. 물 없는 우물에 물고기 대신 새가 둥지를 틀었다. 알 세 개가 어미새의 엉덩이를 받치고 있다. 알 속에 무엇이 들어 있길래? 어느날 세 개의 알 속에서 공기가 푸드덕 날아올랐다.

* 인도 구자라트 주에 있는 도시 아흐메다바드에 도착하자마
자 사람들은 숨이 턱 막힌다. 스모그로 인해 백 미터 전방이
잘 보이지 않는다. 그러나 곧 사람들은 아무렇지도 않게 거
리를 활보한다. No problem! 아흐메다바드는 공장이 많아
인도에서 비교적 잘사는 도시이니, 잘살기 위해서는 이만한
고통쯤이야 참아야지. 박수근 그림처럼 보이는 사람들이 아
름답다. 샨티, 샨티, 샨티!

칼리 간다키*/뱀

바퀴가 되어 구르고 싶다
몸의 최소한을 땅에 디디고 굴러가는 바퀴 되어
가장 어려운 요가의 자세로 빠르게
낮은 곳으로 굴러가고 싶다

오랫동안 우리는 강을 흉내내왔다
몸의 최대한을 땅에 밀착하고도 유유하게 흘러가는 강
우리는 이 또한 요가의 자세인 줄 안다
언젠가는 이 요가의 힘으로 신의 은총을 입으리라

대지의 육체에 깊은 우물을 파고
샘물처럼 솟아나오는 우리는 곧 움직이는 대지
우리는 우리를 먹고 산다
우리는 우리 몸속에 묻힌다

그러나 이제 우리는 바퀴가 되어
완강한 대지의 족쇄로부터 벗어나고 싶다

미사일처럼 날아온 독수리는 내 대가리를 움켜쥐고
갠지스 강 하구에 내려놓는다

목어(木魚)가 새벽을 두드리는 소리를

물고기가 산속으로 온 까닭은?
나무(마누*)와 혼인하기 위해서지요
숲속은 꿈속입니다
꿈과 현실의 차이는 환율의 차이입니다
숲속에서 한몫 잡으면
물속의 식구들도 한몫 잡는 것이지요

물고기의 지느러미가
나무의 물관 체관으로 기어들어가
물고기의 뱃속으로 나오면
소리입니다
소리는 소리를 부르고
그 소리는 또다른 소리를 불러

한데 뭉친 소리들의 모임
모임의 모래 모래의 흩어짐
흩어짐의 만다라

물고기가 물고기로부터 해방되는 순간입니다
노래입니다
한몫 잡지 못한 물고기의 한이
죽은 나무와 교접하여 싸는 노래의 오줌
노래의 똥
그것이야말로 한몫입니다

새벽 공기를 뚫고 들어오는 그 냄새
당신은 먹어보십니다만
그것이 물고기와 마누의 자식이란 걸
모르실 수도 있습니다만

* 창조의 신 브라흐마의 아들로 인류의 조상.

칼 가는 집

서산 개심사 허믄 삼삼허게 떠오르는 요사채가 있지 않은가, 아 고것이 고 대웅전 오른쪽에 있제, 아니 왼쪽에 있었던가, 와따메 아리까리해부네 참말로, 아무튼 고 요사채 이름이 심검당(尋劍堂)이여, 고 심검당을 사유의 중심에 두고 심검당 뽀로 옆에서 무식(無識)을 이용허여 한바탕 넋두리를 용감하게 펼쳐볼란디, 들어볼랑가, 미안허시, 그냥 귀 막고 들어보드라고잉,

'심검당'은 '칼을 찾는 집' '칼을 가는 집'이란 뜻 아닌 개비여, 잘 몰르지만 불도를 닦는 일을 칼 가는 일에 빗댄 것인갑서, 장자의 양생주(養生主) 편에 소 잡는 요리사 정(丁)의 이바구가 나오잖는가, 봤는가, 그가 바로 칼 한 개를 씹구년이나 사용했다등만, 워메, 그가 잡은 소는 어림잡아 삼사천 마리가 된다꼬 그라드랑께, 와따 그의 칼은 항시 숫돌에 간 것처럼 예리해부렀어, 와따메 그랑께 정의 칼솜씨는 도의 경지에 이르러분 것 아니겄어, 칼을 써도 마치 칼을 쓰지 않는 것처럼, 고 칼이 소의 뼈와 뼈 사이를 지 맴대로 드나들어부렀당께, 소는 여물을 묵음

시롱 배불러서 흐뭇한 표정을 지음시롱, 아니 사실은 무표정허게 나의 눈깔을 들여다봄시롱 지 몸이 칼날에 갈기갈기 찢겨지는 것도 모름시롱 죽어갔어, 무서븐 놈이라고, 아믄 무서븐 놈이제, 고놈헌테 걸렸다 허믄 뼈도 못 추릴 일 아니드라고, 아니제, 뼈를 무지허게 쉽게, 앉어서 떡 처묵디끼 추려불 수 있겄구먼,

어찌됐든 심검당은 도라는 칼을 가는 곳이 맞는개비, 칼이 그야말로 자재로워질 때 칼을 쓰는 이의 도가 완성된다는 의미를 품고 있다 요것이지, 요로코롬 무식헌 해석을 쥐딪 놓디끼 놓아부러도 이해해줄랑가, 고맙구먼, 천둥이 좆나게 쳐부네, 워메, 글씨 심검당은 장자에 나오는 요리사의 칼솜씨처럼 자연스러울 필요가 있겄그만, 그래서 요 건물에는 산에서 자라던 나무들이 그대로 걸어들어와 기둥이 되어부렀당께, 억수로 신기헌 일이여,

고렇다고 기둥에서 이파리가 시퍼렇단 말은 아니시, 식솔들은 다 떼불고 와부렀어, 처자식을 죽이고 싸움터로 간 계백처럼 말이여, 와따 오늘 무서븐 이야기 허벌나

게 해불고 있네잉, 그러다 보니까네 심검당은 어머니처럼 무지허게 늙었어, 죽어가고 있는 것이제,

자세히 들여다봉께 심검당을 죽이고 있는 칼날이 있었어, 무시무시혀, 본 적 있는가, 바로 요 세월이라는 칼이여, 바람이라는 칼이여, 세월이나 바람이나 한몸이여, 고 칼잽이가 바로 요리사 정보다 훨씬 뛰어난 칼잽이여, 세월이란 고 바람이란 칼잽이가 심검당 기둥의 나이테를 샅샅이 훑고 지나가도 고놈의 기둥들, 고 기둥들은 암시랑토 않당께, 암시랑토 않음시롱 솔솔 늙어가분당께, 와따 요로코롬 말해불고 봉께 수행해불 필요 없그만, 기양 바람이 되든 될 것 아니여, 세월이 되야불믄 될 것 아니여, 가만히 있어불믄 고것이 바람 아닌개비, 세월 아닌개비,

단풍

무서운 기세로 솟아오르던 성장의 흐름이
휴식을 취하는 사이
가을의 햇살과 바람은 우리들의 눈 속에서 마술을 부
리고 있다

저 아름다운 마술과 휴식의 자궁 속에는 분명
신의 씨앗이 숨어 있으리

가을의 산과 들과 하늘이
신의 씨앗이 다시 세상을 창조하기 이전의 풍광인 이유

창세기 이전에 있었던 근사한 피의 세계여

계곡의 나무

어떤 사람은 세상이 불로 끝날 거라고 말하고,
어떤 사람은 얼음으로 끝난다고 말한다.
욕망을 생각해보면,
불로 끝난다는 편이 옳다.
그러나 세상이 두 번 멸망한다면,
증오에 대해서 충분히 알고 있는 나는
세상을 파괴하는 데는 얼음도
대단한 힘을 갖고 있다는 걸 알고 있다.
— 로버트 프로스트의 시 「불과 얼음」에서

세상은 먼 옛날 물로 망한 적이 있었네
급류에 휩쓸리면서 나는
아득한 옛날로 가고 있음을 알았네
온몸에 상처를 바르며 떠내려가다
커다란 섬에 앉아 있는 큰 나무를 발견했네
나는 최대한 불쌍한 표정을 지어 보였네
동정심은 생존의 최대 적이건만 나무는
팔을 내밀어 자신의 젖을 물려주었네
나이 많은 나무의 밑동에는 커다란 구멍 있어

나는 거기에 뿌리를 내렸네
나의 뿌리는 착한 젖가슴으로 파고들었네
나의 은인이 빨아들이는 양분은 이내
나의 것이었으므로
섬은 곧 나의 영토가 될 것이었네
이제 너의 길로 가렴 어리석게도
착한 나무는 내게 부탁했네
난 이곳이 좋아요 우리 함께 살아요
터져나오는 웃음을 참으면서도 나는 슬퍼서
한가닥 동정심을 발휘하여 나무에게
홍수 이야기를 해주었네

　　먼 옛날 신은 착하고 어리석은 인간들을 처치하기 위
해 엄청난 홍수를 내렸다. 그래도 오직 한 사람 악하고
지혜로운 이 있어, 재난 속에서 살아남은 그의 가족이 인
류의 조상이 되었다.
　　커다란 계수나무 한그루 땅 위에 서 있었는데, 언제부

턴가 한 선녀가 그 나무 밑에 내려와서 오줌을 누곤 했다. 어느날 선녀는 나무의 억센 품이 좋아 나무를 꼭 껴안았다. 선녀는 임신하여 아들을 낳았으나, 아이를 나무의 품에 안겨주고는 사라져버렸다. 아버지 계수나무의 품속에서 자라난 아이는 목도령(木道令)이라 불렸다.

하늘에 구멍이 뚫린 듯 엄청난 비가 쏟아지기 시작하자 계수나무는 목도령을 불러 "내 운명은 이 홍수와 함께 끝난다. 내가 넘어지거든 너는 재빨리 내 등에 올라타거라"라고 말했다. 목도령은 아버지가 돌아가신다는 생각에 서글펐지만, 아버지가 물살에 넘어지자 그의 등에 올라탔다. 그들은 물결 따라 흘러가면서 개미떼와 모기떼를 살려주었다.

거센 물살 속에서 한 소년이 구조를 요청했다. 목도령이 소년을 살려주려 하자, 아버지가 말렸다. 홍수에 휩쓸린 사람들은 모두 악한 사람들이라는 것이다. 착한 목도령은 다시 간곡히 요청했고, 아버지는 소년을 건져 자신의 등에 태웠다.

물 위를 흐르고 흐르다 두 소년은 깜빡 잠이 들었다. 깨어보니 아버지 계수나무는 온데간데없고, 사방은 바다이고, 두 소년은 어느 섬기슭에 동댕이쳐져 있었다. 배가 고파 정신을 차릴 수 없었던 두 소년은 섬을 헤매다 산속에서 조그만 오두막을 발견했다. 오두막에는 한 할머니가 두 딸과 함께 살고 있었다.

목도령의 도움으로 목숨을 구한 소년은 사악하고 욕심이 많았다. 소년은 목도령의 물그릇에 독을 탔다. 목도령을 살리기 위해 개미와 모기가 물그릇 속으로 들어갔지만, 목도령은 죽은 개미와 모기까지 마셔버렸다. 세상을 출렁거리던 물이 빠지기 시작하자 섬은 높은 산이 되었다.

마음씨 나쁜 소년이 두 딸을 아내로 맞이하니, 그 밑으로 자손이 주렁주렁 열려 산밑으로 굴렀다. 그들이 바로 인류의 조상이다.

계곡의 나무는 슬프다

나무의 영토는 날이 갈수록 줄어들었다
물은
수많은 나무들이 뱉어내는 배설물에 불과함에도
가끔 근육을 한그마이 불려
나무의 재산인 흙과 지렁이와 굼벵이를
쓸어간다
불은
수많은 나무들이 뿜어내는 한숨에 불과함에도
일대의 나무들을 몽지리 쓰러뜨렸다
계곡에서 겨우 목숨을 건진 나무의 재산은
돌멩이 몇개
올여름 신이 한번 더 노하면
계곡의 나무는 강제로 이주하게 된다
그곳은 나무의
불모의 고향임을 확신한다 나무는
세상은
나무의 뿌리가 기생하고 있는

몇줌 흙이라는 것 이미

관념적으로 알고 있기에

얼음이 계곡을 지배하고 있지만 지금은

저물면서 빛나는 바다 II

이 시의 제목인 '저물면서 빛나는 바다 II'가 낯설지 않
다면,

1995년 5월 황지우의 조각전을 보았기 때문일 것이다.

황시인은 조각시집 『저물면서 빛나는 바다』(學古齋)에

그의 조각작품 「저물면서 빛나는 바다 II」(브론즈, 33×
37×65cm)의 탄생과정을 자세히 진술했는데,

그 재미있는 과정이야 시집을 보면 될 터이고,

나는 그 작품을 참으로 신기하게도 인도에 가서 보았
으니,

그 과정을 적는 것으로 이 시 아닌 시를 완성하려 한다.

조각작품은 왼팔과 왼다리를 허공에 감춘 여인이

오른손으로 뒷물하는 자세를 취하고 있다.

인도에서 나 또한 그 자세를 수백번도 더 취했었다.

아니 그때 나는 오른팔과 오른다리를 허공에 감추고

왼손으로 뒷물을 했다, 여느 인도인처럼,

오른손은 음식을 먹는 성스러운 손이니,

오른손으로 앞물하고 왼손으로 뒷물하면,
그것은 우주를 감아쥔 우로보로스의 형상이라.
더러운 왼손으로 슥, 슥슥 똥구녁을 닦으니,
파도가 내 가슴에 손가락을 집어넣는 느낌, 바다.

인도의 최남단, 인도양과 아라비아해와 뱅골만이 만나는
칸야쿠마리의 상감(세 물이 합쳐지는 곳)에 펼쳐지는
모래사장으로
별들과 함께 놀려고 산책 나간 해름판,
별들은 아직 내려오지 않았는데,
사람들이 황지우의 조각작품을 흉내내고 있었다.
멀리 바다를 보면, 그것은 정말 저물면서 빛나는 바다,
빛나는 바다를 한움큼 집어서 사타구니에 넣으면
온몸에 짠 파도가 친다.

파도 같은 몸매의 사람들과 얘기를 나눈다.

"Where are you from?" 혹은 "Which country?"

나는 대답한다, "저물면서 빛나는 바다!"

평생을 옷 한벌로 지낸 춘성스님(1891~1977)에게 경찰이 물었다.

경찰: "당신 주소가 어디요?"

춘성: "우리 엄마 보지다."

경찰: "본적은 어디요?"

춘성: "우리 아버지 좆대가리다."

도올 김용옥 선생은 텔레비전 강의에서 이 일화를 소개하여 텔레비전에도 파도를 일으킨 적이 있다.

실내 고행림

　나(36세, 백수)는 지금 싯다르타가 수행했다는 苦行林이라는 공원을 축소한
　실내 고행림에 와 있다
　이 숲에는 고행에 적합한 온갖 형틀이 골고루 마련되어 있어서
　누구라도 돈만 내면 마음껏 고행을 즐길 수 있다

　아무리 달려도 달려나가지 못하는 트레드밀*이라는 형틀에서는
　피부가 새하얀 아가씨(20대 초반, 직업 모름)가
　아름다운 고기를 만들고 있다
　누가 먹을 고기를 만들고 있다고?
　침이 넘어간다
　남자의 눈에 모든 여자의 옷은 투명하다

　오이디푸스는 왜 자신의 눈알만 파버렸을까?
　모든 남자의 눈알을 파버렸다면……

긴 의자 위에는 두 개의 法輪이 있다
웃통을 벗어붙인 시커먼 아저씨(40대 초반)가 누워서
쇠로 된 법륜을 들어올린다
날아오를 것 같던 법륜은 굴러가지도 못하고 주저앉
는다
바퀴 같은 아저씨의 유방이 불룩 솟아오른다

굴러가지 않는 자전거에는 뚱뚱한 아줌마(30대 후반)가
끝없이
法의 페달을 밟고 있다
아줌마의 먹음직스런 고기들이 無의 페달 속으로 빠져
나간다
저 아까운 고기들을 먹지도 않고 다 버리네
저 아줌마는 자기 몸은 먹지 않는다

스트레스가 덕지덕지 묻어 있는 깡마른 아저씨(40세, 모

대기업의 노예)가

　클라임 맥스**를 아작아작 밟으며 맛있는 고기를 굽고
있다

　누가 먹을 고기를 굽고 있다고?

　그는 자신의 고기를 먹고 산다

　과외수업을 받고 있는 그의 아이들도

　그의 고기를 먹고 산다

　버터플라이***라는 나무에는 지금 야구공만한 열매가
열려 있다

　이 나무는 나비와 교접하여 생긴 변종으로 나비의 날
개를 달고 있다

　이 나무에서 기도를 올리면 낑깡 같은 가슴이 수박처
럼 변한다

　야구공만한 가슴의 노처녀(30대 중반)는 축구공만한 가
슴을 위해

　이 나무에 앉아 기도중이다

나무의 두 손(나비의 두 날개, 처녀의 두 팔)을 수십번
합장하면서
　처녀는 가쁜 숨을 몰아쉬며 울고 있다
　기도가 영험한 모양이다

　축구공 같은 가슴의 청년(20대 중반)이 덤벨이라는 무거
운 쇳덩이로
　하늘을 들어올리고 있다
　뼈만 남은 중년(50대 초반)은 어깨에 역기를 올리고
　앉았다 일어섰다 창 너머 아파트가 들썩거린다

　고행에 열중하면 언젠가는 신의 은총을 입는다는 믿음
도 없이
　믿음도 없지만 나는 누워서 윗몸을 일으키며
　사두**** 흉내를 내면 신의 웃음인 햇살이
　셀 수 없는 먼지를 보여준다
　몸속으로 세월이 들어오는 것이 보인다

* treadmill, 흔히 러닝 머신(running machine)이라고 하는 회전식 벨트 위에서 달리는 운동기구. 옛날 감옥에서 죄수에게 징벌로 밟게 했던 바퀴이자 다람쥐 따위가 돌리는 쳇바퀴, 그리고 단조롭고 따분한 일이라는 뜻도 있다.(이하, 『나무 물고기』에서 썼던 '주'를 트레드밀에서 달리듯이 반복하게 됨을 사과합니다─필자)

** climb max, 스탭퍼(stepper)라고도 하는 하체운동기구.

*** butterfly, 나비처럼 생긴 운동기구로 가슴근육을 키우기 위한 것이다. '나비' 외에 변덕스러운 사람, 변덕쟁이, 허영꾼, (특히) 경박한 여자 등을 뜻하기도 한다.

**** sadoo, 힌두교 수행자.

사랑의 성냥

립스틱이 이 생명체가 살아 있다는 유일한 증거다
립스틱이 발라진 입술을 문지르면 확
불이 붙는다
사랑이란 이렇게 쉽게 불붙는 것
조심하라
그것은 모든 것을 잿더미로 만드는
특별한 재주가 있다

성냥에는 불의 신 아그니*가 잠들어 있다
성냥의 입술을 문지르는 것은
신을 부르는 것
당신의 시종이 모습을 나타낸다
시종은 따라오라 따라오라 손짓한다
저 멀리 신의 마을이 있으니
파멸이 있으니

성냥에 립스틱을 발라준 대가로

프로메테우스는
카프카스 산의 바위에 묶여
독수리에게 간을 바쳤다
성냥의 붉은 입술은 곧
죽음을 각오한 신의 인간을 향한
사랑의 정표였단 말인가

불이 확 붙으면
성냥의 열정은 시작된다
성능이 좋을수록
무섭게 타들어오는
앗 뜨거 얼른 버리고야 마는
사랑이란 이렇게 쉽게 시작되고
그것으로 끝인 것을

* 인도 신화 속의 '불의 신'. 희생제에 바쳐진 제물을 신들에게
  운반하는 역할을 맡고 있다.

지하철은 참 신기하다

지하철은 참 신기하다.

상계동에서 상도동까지, 지도로 보면 아득한데, 노원역에서 7호선으로 갈아타면, 지하를 헤매고 헤매어 건대입구역에서 지상으로 나와 잠시 한숨 돌리고, 다시 지하로 잠입, 나는 어느덧 상도동에 서 있다. 이처럼 신기한 두더지작전을 맨 처음 시도한 사람은 상상력이 참 풍부한 사람이다. 어떻게 우리의 발밑에 길을 만들 생각을 했을까?

그 사람은 잔인하기도 하다.
커다란 로봇 두더지가 땅굴을 파는 동안
수많은 생명체는 비명횡사할 수밖에 없다.

문이 열리면 나는 빈 의자를 찾는다.
빈 의자에는 비명횡사한 생명체가 앉아 있다.
나는 출구를 찾지 못한 영혼의 얼굴을 깔고 앉아
아무것도 보이지 않는 창밖을 바라본다.

창밖에서 엄청난 일들이 벌어지고 있다는 것을
텔레비전이 이미 알고 있으므로
우리는 그냥 눈감고 자면 된다.
당신이 눈을 뜨는 순간 목적지가 눈앞에 있다.

옛날에는 순장이라는 것이 있었다지.
남편 따라 주인 따라 산 채로 지하로 간 사람들,
그들의 내생인 나는 이제
하루에도 몇번이나 지하에 들어갔다 나오는
아 이 특별한 경험을 소중하게 간직한다.

지하철의 운전자 미노타우로스에게 감사하면서,
목적지에 도착하고도 왔던 길을 통 모르는 나는
테세우스의 실을 따라 나오면서 또다시 탄성을 지른다,
지하철은 참 신기하다.

희귀한 자연석을 모아서 집 안에 두고 즐기는 사람들이 있다

1

돌은 입을 꼭 다물고 있다. 아무 말도 하지 않겠다는 듯이, 비밀을 간직하고 있다는 듯이, 입을 꼭 다물 뿐만 아니라, 귀까지 열려고 하지 않는다. 아무 말도 듣지 않고 아무 말도 하지 않겠다는 결연한 의지를 돌은 그 단단한 몸뚱어리에 바늘 하나도 꽂을 수 없게 심어놓았다.

2

돌은 흙의 자식인가, 바위의 자식인가? 흙이 굳어져서 만들어지니 흙의 자식이고, 바위가 부서져서 만들어지니 바위의 자식이다.

『구약성서』에 따르면 돌은 아무래도 흙의 자식이다.
"태초에 하나님이 천지를 창조하시니라 땅이 혼돈하고 공허하며 흑암이 깊음 위에 있고 하나님의 신은 수면

에 운행하시니라"(「창세기」 1:1~2)

'땅'은 불모의 것이었으나, 하느님이 능력을 발휘하신 그 셋째 날에는 "천하의 물이 한곳으로 모이고 뭍이 드러나라 하시매 그대로 되니라 하나님이 뭍을 땅이라 칭하시고 모인 물을 바다라 칭하시니"(「창세기」 1:9~10) 비로소 생명의 터전인 '따님'이 탄생하였다.

따님은 흙이다. 흙은 온갖 유정(有情)에게 생명의 터전을 마련해주기도 하지만, 스스로 운동하여 돌이나 바위가 되기도 한다. 흙이 돌의 어머니였다는 족보를 여기서 발견한다.

돌은 다시 부서져 흙이 된다. 흙이 이젠 돌의 자식이다.

3

다윗이 거인 골리앗을 때려죽인 무기가 돌멩이였다. 다윗의 돌멩이에는 그의 강한 의지가 살고 있었을 뿐만 아니라 하느님의 사랑까지 담겨 있었다.

햇볕에 구워진 물가의 돌멩이를 주워 귓가에 대면 돌은 귓속에 든 습기를 쪽 빨아들인다. 그 습기는 돌의 영혼이 당신과 교감한 흔적이다.

돌의 힘을 맹신한 사람들이 있었다. 중세의 연금술사들이었다. 그들은 한 가지 물질이 어떤 변화를 겪으면 다른 물질로 변할 수 있다고 믿었으며, 모든 금속은 남성인 황과 여성인 수은이 결합한 것이라 생각했다. 그런데 그들이 궁극적으로 원하는 것은 '금'이었다. 그들의 이론에 따르면, 황과 수은을 일정한 비율로 결합하면 금을 만들수 있는데, 거기에는 어떤 신비한 요소가 첨가되어야 했다. 그 신비로운 요소가 이름하여 '철학자의 돌' (philosopher's stone)이었다.

4

우리나라의 옛 선비들도 돌을 무척 좋아했다. 윤선도는 보길도 집인 낙서재(樂書齋) 뒤뜰에 있는 바위를 '소은병(小隱屛)'이라 하고, 앞뜰에 있는 바위는 '거북바위〔龜岩〕'라 하여 날마다 바라보기를 귀여운 손자 보듯 하였다. 연못 세연지(洗然池)에도 크고작은 바위 일곱 개가 물 위에 떠 있다. 윤선도가 바위를 그토록 사랑했던 이유는 어쩌면 돌이 입을 꼭 다물고 있기 때문이었다.

꽃은 무슨 일로 피면서 쉬이 지고
풀은 어이하야 푸르는 듯 누르나니
아마도 변치 않을손 바위뿐인가 하노라.
—「오우가(五友歌)」에서

윤선도는 꽃도 좋아하고 풀도 좋아했지만, 꽃은 피자마자 쉽게 지고, 풀은 푸른 것 같기도 하고 누른 것 같기도 한 것이 미덥지 않았다. 돌은 한결같다. 세상의 수많은 풍파를 겪어야 했던 윤선도로서는 언제나 변치 않고 입을 꼭 다문 돌이 각별하게 느껴졌을 것이다.

보길도 예송리 해수욕장의 몽돌들은 파도소리가 시끄러워 잠을 못 이루고 있다.

5

돌은 사실 쉼없이 입을 여닫고 있다. 돌에게는 너무나 많은 입이 있어서, 그 수없는 입은 아무리 벌려도 보이지 않을 뿐, 지금 이 순간에도 돌은 수많은 입을 벌려 말한다, 아무도 듣지 않는 말을, 누구도 들을 수 없고 들을 필요도 없는 말을.

돌은 세상의 온갖 말을 듣고 있다. 돌의 귀가 너무 많아 보이지 않을 뿐, 돌은 그 수없는 귀를 열어 세상의 온갖 소리, 소리 아닌 소리까지를 듣는다. 온갖 소리를, 소리 아닌 소리까지를 듣고 말한다는 것은 곧 돌이 부서진다는 것, 해체된다는 것, 파멸한다는 것을 암시한다. 그리하여 돌은 해체이자 심리적 분열을 상징하고, 무정형과 죽음과 전멸을 의미한다.

가끔 돌멩이가 새가 되어 전국적으로 날아올랐으나 몇 미터 날지 못하고 추락했다.

채석강 홍합

다닥다닥다닥다닥……
십리 밖에서 들려오는 백만 대군의 말발굽소리
다닥다닥 바위를 붙들고 있다

바다의 눈물은 분수처럼 솟아올랐다
폭포처럼 쏟아진다
눈물은 짜고도 달다

이씨부인이 한자 한자 쓴 『법화경』의 글자*가
수천억 나유타로 늘어
이렇게 살아 있을 줄이야

그것은 소리도 아니요 글자도 아니요
찬 겨울을 견딘 속살은
봄이 오면 참 맛있다

* 부안 내소사에는 조선 태종 15년(1415) 유근의 아내 이씨부
인이 죽은 남편의 명복을 빌기 위해 글 한자 쓰고 절 한번 하
는 일자일배(一字一拜)의 정성으로 써서 공양한 『법화경』 사
본 7권(보물 제278호)이 전해져왔는데, 지금은 전주시립박
물관에 보관되어 있다. 이 『법화경』의 사경이 끝나자 죽은 남
편이 나타나 여인의 머리카락을 만졌다는 전설이 전해진다.

제4부

찜질방

물과 불과 흙과 바람이 모여 우주를 창조하다

밤이라는 공간과 낮이라는 공간이 창조되었다
밤이라는 침실에서 잠을 자고
낮이라는 광장에서 먹고 놀고
가끔 자리를 펴고 꿈속으로 가면

모든 시간이 이곳에 있다
빙하 시대가 있고/화산 시대가 있고
은의 시대가 있고/철의 시대가 있고
과거와 오늘이 벽 하나를 사이에 두고

열대와 온대와 냉대가 연결되어
뜨거워졌다가 차가워졌다가 미지근해졌다가
모래시계가 통제하는 밀림과 초원과 사막 속으로
생활이라는 재난을 피해 이재민들이 몰려오면

물과 불과 흙과 바람의 무덤은 문을 열고
병든 가족과 지친 연인을 품에 안는다
집은 집에만 있는 것이 아닌가
우리 무덤에 가자

같이 갈래?

불

만물의 근원은 불이다

모든 것을 태워버린 곳에서 싹이 나고
다시 물이 고인다

한국에 온 이주노동자들은 미쳐갔다
원인은 밝혀지지 않았으나
불을 보듯 명백하게

노래는 좁은 방 안에 갇혔지
썩은 방을 치유하기 위한
한줌 햇살 그리워

바다가 눈물로 가득 찼다
불은 인간의 마음을 신에게 전하므로

여수출입국관리사무소에 불을 지르고

한 이주노동자는 신에게 갔다

불은 신이다

2007 봄 일요일 대학로 산책자의 몽상

나무의 날개가 돋아난다

나는 나무의 날개를 떼어서 만든 옷을 입고 비와 바람으로 기른 쌀을 햇살에 버무려 지은 밥을 먹고 모래로 세운 집을 나선다

물 먹은 솜으로 만든 인형들이 거리를 메우고 있다

사람들은 고기를 구워 그 향기로 하늘에 제사를 지낸다

희생제의 풍경은 아름답지도 아름답지 않지도 않다

희생제에 참여한 사람들은 다국적이다

하늘에도 속하지 않았으며 땅에도 속하지 않았으며 바람의 백성도 아니고 물의 왕도 아니고 불의 신하도 아니며

필리핀 국민도 아니고 한국 국민도 아니고 떠돌이도 아니고 정착하지도 못했으며 가톨릭신자도 아니고 불교 신도도 아니고 힌두교인도 아니며

그저 자신의 몸뚱이를 제물로 바쳐 자신의 몸뚱이한테 제사를 지내는

어떤 인형들은 얼굴의 살을 떼어 제사를 지내고
그를 메우기 위해 허벅지 살을 떼어붙인다

신화에서나 가능한 얘기다
쉬바의 아들 가네샤의 머리가 달아나자
쉬바는 가네샤와 생년월일이 같은 코끼리의 머리를 떼
어다 가네샤의 목에 붙여주었다
그때부터 성형수술이 시작되었다

입속에 길이 있고
문이 있고 집이 있고 자동차가 있고 영화관이 있고 도
시가 있고 촌락이 있고 나라가 있고 그리고
무엇보다도 풍부하게 공중에 붕 떠다니는 아파트가
있다
필리핀 사람들이 타갈로그어로 기도하면 중국에서 몰
려온 황사가 그득하다
나는 제사장들과 더불어 고기를 구워 입속에 그 밑빠

진 제단에 집어넣는다

논밭도 없는 아스팔트길에서 농부들은 농기구를 들고
모여 제사를 지낸다

"에프티에이 신이시여! 어찌하여 저희를 버리시나이
까?"

신의 은총을 입은 개나리꽃과 진달래꽃과 목련꽃과 꽃
보다 아름다운 여인들이 화들짝 피어나고 신의 은총을
입은 노숙자들도 제삿밥을 타 먹기 위해 줄을 선다

나무들이 날아오른다

집으로 가는 길

집으로 가는 길에는 항상 거미줄이 무성하다
집을 떠난 부처님의 길은 모두
집으로 가는 길

고향 룸비니는 아직도 까마득한데
쿠쉬나가르에서 부처님은
대장장이 춘다가 차린 마지막 성찬을 맛있게 드시고
마지막 배탈이 나신다

학비를 마련하기 위해 전쟁터로 간 한국청년도
하나님의 말씀을 전파하기 위해 사지를 떠돌다가
마침내 집으로 가는 길이었다
마지막 성찬을 먹기 전이었다

청년은 김치와 자장면을 배가 터지도록 먹으면서
찜질방에서 땀과 눈물을 쏟으면서
그동안 혹사했던 몸을 한껏 쉬게 하고 싶었지만

부처님은 살라 나무 아래
시체를 덮었던 천을 깔고
옆으로 누웠다
거미줄이 이슬 맺힌 음악을 퉁겨주었다

집으로 가기 전에 세상은 끝이 난다
집으로 가기 전엔 절대로 죽기 싫다는 절규는
부비트랩이 되어 죽은 몸속에 숨을 뿐

부비트랩의 이름은
나 자신을 법으로 삼고
나 자신을 등불로 삼으라

청년의 목에서는 흰 피가 솟아올랐다
데굴데굴 굴러가는 머리는 등불이 되고
더이상 움직이지 못하는 몸은 법이 되는데

청년을 휘감고 있던 거미줄도 법이 될 줄이야
거미줄에 걸린 부비트랩이 별처럼 빛날 때

부비트랩을 만지자 사막에서 비바람이 몰아치고
세상의 모든 집으로 가는 길에는
무성한 안개
안개보다 촘촘한 거미줄이 또하나의 부비트랩을 감추
고 있다

아쉬빈*의 후예들

세상에는 언제나 새벽이 되기 전부터 일하는 사람이
있게 마련이고
그것은 신들의 세계에서도 마찬가지였다
쌍둥이 신 아쉬빈은 여명이 트기 직전 일어나
새벽의 여신 우샤스를 깨운다
우샤스는 하나이자 여럿인 신이어서
아쉬빈은 바쁘다

아쉬빈의 후예들이 인간세상에 태어나니 곧
신문배달하는 소년들이라
소년들의 아버지는 동트기 전에 일어나는 농부 아니면
일용직 노동자
역시 아쉬빈의 후예들이라
우샤스와 태양신 수리야와 아쉬빈과
농부와 일용직 노동자와 신문배달 소년이 한집안이라

새벽에 길을 나서면 이 과거와 현재의 집안 내력을 훑

어볼 수 있어

그것은 참으로 경이로운 경험이지만

벚꽃잎이 매달고 있는 영롱한 소리보다도 아름다운 호흡이 거기 있지만

소년의 바쁜 발걸음에는 목련꽃 봉오리의 보드라운 어루만짐

차라리 귀찮아 힘차게 신문을 내던질 뿐이다

하루가 밝아오기 전 가장 깜깜한 시간

한때는 가난한 사람에게도 희망이 있었다

가난을 이기고 일어선 위인들의 이야기가 별자리였다

가장 어두운 시간을 견뎌야 아침이 온다

떡시루에서 김이 모락모락 난다

빵집이 부풀어오르고 있다

취한 연인이 사랑을 위해 러브호텔로 들어간다

꿈이여

소년이여

배우가 되고 싶으냐

국회의원이 되고 싶으냐

가수가 되고 싶으냐

CEO가 되고 싶으냐

축구선수가 되고 싶으냐

깡패가 되고 싶으냐

신문 속에 모두 있다

가장 암울한 시간의 신문 속에

한미FTA 체결은 결국 다수를 위한 선택이었다는

전체가 잘되기 위해 소수의 힘없는 국민은

경쟁력없는 산업은 죽일 수밖에 없다는

온 국민의 눈을 제물로 삼아 더욱 성스러워진 신문을

배달하는

아쉬빈이여

눈 속에 사막이 들어갔나보다

후 불어다오

소년의 아버지는 한미FTA 반대집회에 참가하기 위해
버스에 올랐다
소년과 아버지가 함께 뛴다
우샤스를 깨우기 위해 소년은 신문을 돌리고
아버지는 소년이 돌리는 신문에 석유를 붓고 불을 지
핀다
가장 밝은 시간의 불로 지은 옷을 입는다
그것은 아버지가 생애 처음이자 마지막으로 입은 값비
싼 옷이었다

* 인도 신화의 아쉬빈(Aśvin)은 새벽을 알리는 쌍둥이 신이다.
  아쉬빈은 새벽의 여신 우샤스(Uṣas)를 깨우고, 우샤스는 남
  편인 태양신 수리야(Sūrya)를 깨운다. 우샤스의 언니인 밤의
  여신 라트리(Rātrī)까지 포함하여 한집안이지만, 이 가족이
  함께 모이는 일은 없다.

4월 어느 잔인한 날

아침이 오고야 말았어요

나무와 나무가
접목되는 사이에

번쩍이는 굉음 울리는 순간
미국 버지니아 공대에서는 서른세명이
한국 횡성의 공병부대에서는 두명이
밤조차 환하게 밝혔지만

아무것도 보이지 않았어요

이파리를 밀어올리려 안간힘을 쓰던
나무의 가랑이가 찢어지고
철거민들의 노래는 노래일 뿐
농민들은 대부분 늙었지만

삼십삼명은 삼억삼천만명이 되고
두명은 삼억삼천만명보다 많아
모가지를 떨어뜨린 꽃은 셀 수도 없고
나뭇잎들은 퍼렇게 멍이 들건만

당신과 내가
사랑을 나누자

눈먼 태양이 또 뜨고야 말았어요

'이무럽다'라는 말
유강희 시인에게서 배우다

  '이무럽다'라는 말이 무슨 뜻인 줄 짐작함시롱도
나는 그것을 글로 쓸 수 없었다

  해너머리 개미상투 깔끄막 끝넘 웅달메산이 당산뽀던
반석걸이 쇳대똠 도대문안 간지똠 청룡 초막골 염부람
노젯골 바우백이 시암보 왕쏘 등구쟁이 턱걸바우 새까지
뒤주골 대방퉁이

  우리 동네 지명들을 글로 적을 수 없었던 것처럼

  경운기를 젤 먼저 사서 경운기삼촌이라 불렸던 유제
아재에게 짐을 실어준 것에 대한 사례로 운임 이백원을
줄라치면 아재의 아짐씨인 큰골떡은

  아그미 귀산떡 허창시가 없능갑쏘 이무런 사이끼리 요
거시 먼 지시다요

124

이 문장을 어떻게 적어야 할 줄 몰랐는데

유강희 시인의 『오리막』(문학동네 2005)이라는 시집에 실린 「그리운 호박벌」에서 "아무래도 이물없는 꽃이/그중 호박꽃인가보다"라는 구절을 보고 딱 나의 정처없었던 말 '이무럽다'가 지자리를 찾는 것이었다

그러니까 그것이 이물(異物)이 없단 뜻 아니겠어 하이고

이물없던 유제 사람 둘이 쌀개방 반대하다 이무런 군홧발에 밟혀 뒈지던 해

이무럽던 사람들이 홍콩 감옥에 들어가 이물감을 마음껏 느끼고 돌아온 해

7월에서 8월로

절망이 하늘로 올라가더니
오랫동안
비가
내렸다

무슨 상관이랴
내게 피해가 없으면
가슴아픈 것만으로도 충분한 것일까
아이의 울음소리가 지척에서 울릴 때

세탁소 문턱에 앉아
선풍기 바람을 쐬던 할머니
허리를 기역자로 구부리고는
서둘러 집으로 갔다

벼락이
북한산 바위에 떨어져

머리가 깨져 죽었다는 소식이
텔레비전을 통해 전해졌다

신은
벌을 내릴 사람에게 내리는 것이 아닐까
벌받은 사람이 벌받을 사람이었다고
법정에선 망치를 세 번 두드리고

하나님을 믿는 사람들이
하나님을 믿는 스물세 명의 사람들을 납치한 뒤
한 명을 더 죽였다
하늘을 날지 않고서는 갈 수 없는 먼 나라에서

희망이
먼 나라로 가더니 먼 나라의
소나기가 되어
다시 쏟아졌다

예술의 전당 꽝

꽝 꽈르르 꽝 꽈르꽈르 꽝

서울 서초구 서초동 칠백번지 예술의 전당으로 꽝

부지 칠만천이십육평 꽝 건축연면적 삼만육천사백칠평 꽝

꽈르꽈르 꽝 이 도량이야말로 우리 역사의 살아 있는 교과서요 꽝

격조 높은 처세서이니 꽝 가요 꽝

앙리 까르띠에 브레쏭의 말없는 사진도 보고 꽝

고급예술의 대중화를 위하야 꽝 귀로 보고 눈으로 듣는 클래식도 감상함시롱 꽝

한껏 멋을 낸 강남 귀부인의 씰룩거리는 입술도 훔침시롱 꽝

귀부인의 뱃속을 기어나온 귀녀의 꽝 터질 듯한 교양도 배움시롱 꽝

서양미술 사백년이 꽝 이 도량에서 돈 받고 꽝 면벽하는 모습을 우리름시롱 꽝

꽈르르 꽝 배 타고 온 대영박물관을 어루만짐시롱 꽝

약탈하는 법도 배움시롱 꽝

　사람의 목숨이 곧 파리 목숨과 한가지라는 그 오묘한 진리를

　석가모니보다 더 확연하게 몸으로 깨달은

　고승들보다 더 대덕(大德)한 전두환 장군의 사자후를 들어보시라

　예— 한국문화의 주체성을 확립하고 예— 또 국제적 연대성을 높이기 위하야

　아울러 강남의 땅값도 올리기 위하야 예— 이곳에 민족적 역량을 결집하야

　본인의 머리 모양을 본뜨고 수—울 풀리는 본인의 운수를 기초로 하야

　예—술의 전당을 올리겠습니다 국민 여러부—운

　좋은 게 좋은 것인 것이 예술 아니겠습니꺼

　본인이 조성한 비자금에 비하면 뱁새발의 피도 안되는 육백억원의 공사비에

　국민들의 피땀을 섞어 이렇게 예—술의 전당을 만들

었으니까네

　온 국민이 예―술에 취해보실 것을 바라마지 않는 바입니다

　이봐 노태우 머라 말을 해봐 아하 그라죠 성은이 하해와 같다 안카나요

　그리하야 꽝 강남은 꽝 예―술에 취하야 꽝

　예술의 전당과 더불어 꽝 부의 전당이 되었다는 소문이 꽝

　꽈르르 꽝 오페라극장 가득 꽝 울려퍼지게 되었더라 꽝

　서예관에서도 국악박물관에서도 한가람미술관에서도

　원형광장에서도 전두환이 머리보다도 더 시원스럽게 뻥 뚫린 예술

　아 그런데 한국문화의 주체성이 아니라 강남문화의 주체성이 우선적으로 확립되고

　강남의 국제적 연대성이 허벌나게 높아지기 시작하면서

강남이 곧 가난한 대한민국에서 독립하여 미국의 한
주가 될 것이라는 소문이

쫙 만남의 거리에 꽝 전통한국정원에 꽝 야외극장에
꽝 장터에 꽝

축제극장에 꽝 선비의 갓 모양을 본뜬 원형건물에 꽝

천둥으로 울리니 음악당이 부채모양으로 쫙 펼쳐져 교
양곡을 울렸더랬어요 어머

아름다워요 비로소 살맛이 나요 가뭄도 잊고 분수대에
서 비가 오더란 말이에요

그래요 그래요 부동산으로 번 돈 예술적으로 쓸 수 있
어서 참 예쁘기가

이순자 여사 같아요 잘허믄 김옥숙 여사도 따라갈 수
있을 것 같아요

이 역사적인 예—술의 전당으로 말헐 것 겉으면

천구백팔십사년 착공하여 천구백구십삼년

김영삼이 노태우와 손잡고 세계화를 실천한 그 역사적
인 시대적 전환기에 꽝

개관하여 얼씨구절씨구씨구씨구 지화자 오케이 노우 프라블럼 오 예스

　강남의 정부는 드디어 미국의 한 새끼 주의 새끼의 새끼의 새끼가 되었으니

　강남 주민은 꽝 새끼도 미국에서 낳고 미국에서 새끼 가르치고

　잠시 돌아왔다가 군대 갈 때 되면 새끼들 얼른 꽝 미국으로 보내지

　그럼에도 불구하고 강남 주민들 자기 정부도 아닌디유 청와대에서 부르기만 허믄유

　만사를 제껴놓구설람 달려가는 투철한 봉사정신도 발휘헌듀

　아 그것이 인생을 예— 인생을 수—울 풀어가는 방법이여 아먼

　고걸 깨닫는 순간 인생은 축제여 예술이여 예술의 전당이여 전당 중에 전당이구말구

　자자 모이더라고 꽝 꽈르르 꽝 예술의 전당으로 일단

꽝

　꽈르꽈르 꽝 자 꽝 모두 꽝 모두모두 꽝 예술이란 술 중
에 술이란 뜻이여 알겠냐

　폭탄주 꽝 한잔씩들 허드라고 꽝 박정희와 전두환 덕
분에 예—술 맛을 알아버린

　이해찬 총리부터 쫙 꽈르르 꽝 꽈르르 꽝 쭉 꽝

　다 마신 잔을 대머리에 털어봐 꽝 꽈르르 꽝

　온 국민이 꽝 함께 꽝 예—술에 꽝

　억수로 취해보라마 꽝 꽈르꽈르 꽝

　꽝 꽈르르르르르르르르르르르르르르르르르르 꽝

　보이나 예술의 전당 대머리에 머리가 솟아나꼬 있다마

　안 그라나 꽐꽝

도둑놈들은 담쟁이 단풍을 좋아한다

담쟁이도 단풍이 드는구나
북한산성 대서문 앞에서 막걸리를 마시다가
나는 놀라 한잔을 더 마셨다
어떤 도둑은 담을 넘다 자기 흉내내는
담쟁이 단풍 보고 눈물 흘렸다지

그래 세상에 악한 놈이 어딨더냐
세상의 모든 비분강개는 우습다
북한 핵실험이 대수롭지 않다고 말하면
너도나도 비분강개할 것이지만
바로 그것이야말로 우습다

핵을 보유한 나라들은 왜 반성하지 않는지
그들의 핵실험에는 왜 비분강개하지 않는지
야만적인 국가가 따로 없고 모든 나라가
야만적인 국가임을 역사가 증명하거늘
담장을 피로 물들이며 넘어가는 담쟁이만이

내 마음을 아는구나 이 도둑놈의 마음을

도둑놈에게는 담쟁이 너머 집 안이
세상의 마음이 내 마음이 훤히 보인다
피아노는 검고 건반 위의 손은 희고 작으며
주인의 이마는 넓고 반질반질하고 시원하며
침엽수가 주류를 이룬 정원 한켠에 차고가 있고
숨쉬지 않는 자동차의 내부가 폭탄을 숨길 때
연못에선 잉어가 눈을 뜬 채로 어리석다

담을 넘다가 이 무슨 청승인가
옆집 담을 넘어 만나던 소녀는 지금 어디에 살까
담쟁이 단풍 위로 눈물인지 땀인지 모르는
한방울의 액체가 떨어지는 순간 환해지는 내 핏줄
핏줄을 뚫고 한방울의 피가 솟아올랐다
무인경비씨스템이 단풍잎보다
강렬한 빛깔로 울어댈 때

기온이 막 영하로 떨어지는

순간,
나는 플라타너스가 엄청난 저항세력임을 깨달았다.

한미FTA 반대집회가 한창일 때였다.

경찰의 곤봉이 햇빛에 반짝이자
은행잎은 노란 색깔로 몸을 바꾸었지만,
플라타너스 이파리는 바닥을 구를지언정
끝내 색깔을 바꾸지 않았다.

피부는 온통 버짐투성이
개미들이 피부 속으로 기어들어올 때에도
플라타너스는 꼰대발 서서
빌딩의 키를 이기는 데만 골몰했다.

태양의 기운이 필요했기에
이파리는 넓어질 대로 넓어졌다.

추위에 약한 몸매를 하고도
눈 속에서도 청상(青孀)인 플라타너스여!

보다못한 경찰이 지구의 온도를 대폭 낮춤으로써 전향
을 강요하는

순간,
플라타너스 이파리들은 스스로 목숨을 끊었다.

마당방
미당의 「마당방」을 생각하며

하늘이 천장이요, 땅이 구들이며, 바람이 벽인 방, 그 방에는 하늘의 강물이 있고, 물고기가 있고, 동서양의 신(神)들이 있고, 노래하는 온갖 벌레들이 있다. 그런 방이 있다면 당신은 거기에 기꺼이 눕겠는가? 그것은 집 안의 노숙(露宿)이다. 마당방, 미당에 따르면 그것은 토방(土房)의 변형이란다.

어린시절, 우리 동네의 몇몇 집에도 토방이 있었다. 집을 지을 때 방 한 칸 정도의 넓이를 아예 맨바닥째 비워 두고는, 벽 대신 발을 걸어 말았다 폈다 함으로써 그늘을 만든다. 그곳에 덕석을 깔고 누워 낮잠을 자거나, 장기나 바둑을 두거나, 덕석 위에 온 가족이 모여앉아 수제비나 칼국수를 먹는다. 바닥은 뜨거워지는 몸을 연방 식혀주고, 바람도 열심히 부채를 부쳐준다.

토방 대신 마당을 방으로 사용하면, 밤마다 하늘이 더욱 가까이 내려온다. 은하수의 강물이 몸속으로 들어와 뱃속에서 꾸르륵거리고, 별빛은 살갗에 박혀 소름으로 돋는다. 산과 들에서 이사온 나물과 약초 들이 함께 누워

별을 바라보다가, 늦잠을 자다가, 햇살에 실컷 싸우나하고는 마침내 우리와 하나가 된다. 콩타작 보리타작은 당연히 이곳에서 했지만, 학질에 걸리면 홑이불에 감겨 뜨거운 햇살을 몽땅 받기도 했던가? 마당방이 병원 입원실이기도 했다니, 그 병원에 입원한 적 있었는지 생각해보면 아득하다, 아니 뜨겁다, 땀이 철철 흐른다.

　오랜만에 고향집을 찾아 마당방에 누워보리. 하, 더운 지방의 해먹에 누운 원시인의 얼굴을 이제 그만 일어나라고 검은 물소가 핥아주듯이, 밤이슬의 싸늘한 기운은 이제 그만 들어가 자라고 우리의 얼굴을 시나브로 핥아주는군.

그것이 아픔이라는 걸 모르고

아스팔트에 굴러다니는 도토리를 주워
죽어가는 관음죽 화분에 올려놓았더니

도토리의 대가리를 뚫고
나무 한 마리 솟아올랐다

저러이 둥근 알 속에 사방으로 가지치는
인연이 숨어 있었다니

벌레들 허공 그리고 흙은
도토리에서 연방 내장을 끄집어내고 있다

그것이 아픔인 줄 알면서도

해설

붉게 우는 석양

김춘식

일상성에 대한 화두를 시적 소재로 삼아온 것이 90년대 중반 이후 한국 시의 주요한 경향 중 하나였다면, 차창룡은 이런 의미에서 90년대적인 시인으로서 자신의 시적 세계를 꾸준히 가꾸어온 뛰어난 시인이라고 할 수 있다. 이는 "차창룡 시인의 시적 자의식 안에는 시적인 치장이나 미학보다는 일상성을 관통하는 직관력이 더 힘차게 꿈틀되고 있다"는 평가를 가능하게 하는 이유다.

자본주의적 일상의 거대한 '환각' 속을 걸어가는 자신을 관조하고, 그 환각의 부자연스러움을 폭로하는 차창룡 시인의 '시적 응시'는 알레고리를 동반한 회화화를 보여주면서도 씁쓸한 조소보다는 따뜻한 유머가 넘치는 것이 특징이다. 이런 시선의 온기는 그의 알레고리가 차가운 아이러니보다는 해학과 유머를 통한 발견에 더 가깝기 때문이다. 이런 해학은 한편으로는 만화경적인 일상을 바라보며 낯설어하는 그의 독특한 시선에서 비롯되기도 한다.

만화경적인 자본주의 일상을 산책하며 그는 씁쓸한 조소와 허탈한 웃음을 번갈아 웃는다. 그러다 돌아온 집에서 그는 잔잔한 애상에 사로잡히며 문득 자신을 둘러싼 모든 허상과 그 허상의 슬픈 굴레를 다시 깨닫는다. 이런 시적 경향은 첫 시집 『해가 지지 않는 쟁기질』(문학과지성사 1994)에서부터 지속적으로 보여준 익살스러운 풍자정신과 연속선에 있다고 할 수 있다.

실제로 이제까지 차창룡의 시세계는 크게 두 가지 중요한 특징으로 요약되곤 한다. 그 하나가 바로 통쾌하고 익살스러운 풍자정신이고, 둘째는 똥과 배설 등 비속함과 고상함의 경계를 넘는 역전된 시점, 즉 아이러니와 역설을 동원하여 '속과 비속'의 이항대립을 무너뜨리는 불교적인 사유체계이다.

이 점에서 그의 시적 직관력은 사물과 우주의 본체를 관통함으로써 이항대립의 허상 등 온갖 고정관념의 실체를 폭로하고 조소하는 풍자정신의 시작점에 해당한다.

즉 그의 풍자는 수사학적이라기보다는 정신적인 것으로 일상의 허상을 관통한 뒤 얻을 수 있는 '역전의 웃음'에 해당한다. 차안과 피안이 따로 존재하지 않듯이, 일상적인 분별지(分別智)가 만든 온갖 허상의 세계를 꿰뚫어보는 순간 세상은 요지경 혹은 만화경의 세계가 된다. 그리고 그 만화경 속을 산보하는 시인의 시각은 이미 풍자적일 수밖에 없다.

　이 선원의 선승들은 하늘과 땅 사이에서 오직 혼자이지요
　홀로 존귀한 최고의 선승들입니다
　108개의 선방에는 선승이 꼭 한명씩만 들어갈 수 있어요
　여느 선방과 달리 방 안에서 무슨 짓을 해도 상관없습니다
　잠을 자든 공부를 하든 밥을 먹든 자위행위를 하든
　혼자서 하는 일은 무엇이든 괜찮습니다
　가끔 심한 소음이 있어도 자기 일이 아니면 가급적
　상관하지 않습니다 정 참지 못하면
　총무스님에게 호소하면 됩니다
　중국 일본 필리핀 말레이시아 방글라데시 그리고

한국

식탁에는 온통 외국인뿐입니다

이곳은 외국인을 위한 선원인 것이지요

금지된 것이 아님에도 불구하고

공양간에 함께 모인 선승들은 말이 없습니다

말은커녕 입도 벌리지 않고

그들은 밥을 몸속으로 밀어넣습니다

다년간 수행한 덕분이지요

오래 수행한 선승일수록 공양할 때 소리가 나지 않습니다

뱃속으로 고요의 강이 흐르고 흘러 바다에 이르면

가끔 화장실에 갑니다 화장실은 늘 만원입니다

괜찮습니다 참는 것이야말로 최고의 수행법이니

비가 와도 바람이 불어도 불이 나도 괜찮아요

13호실에 비상용 사다리가 있지만

서로 간섭하지 않는 미덕이 습관이 되어

나와 직접 관계되지 않는 일에는 끼어들지 않습니다

괜찮아요 불이 나도 어차피 열반에 들면

누구에게도 방해되지 않을 테니까요

—「고시원은 괜찮아요」 전문

144

이 시는 차창룡의 풍자와 알레고리가 어떤 방식으로 대상을 다루는지 잘 보여주는 작품이다. 우선 시인의 눈에 비친 대상은 '강자' 혹은 '권력자'가 아니며 오히려 '약자' '소시민' '외국인노동자' 등이다. 이 점은 그의 풍자가 '권력'에 대한 풍자를 통한 비판이 주된 목적이 아님을 의미한다. 즉 그의 알레고리는 특정계층과 대상에 대한 풍자보다는 사회적인 구조, 씨스템의 부조리를 겨냥한 것이다. 구조적인 모순 혹은 세태에 대한 희화화를 통해 그는 '익숙한 것' '자연스러운 일상'의 일부를 모순적이며 낯선 것으로 '폭로'해버린다. 불교의 '선원'과, '고시원'의 유사성을 풍자적으로 표현하는 시인의 화법은, 스스로 욕망을 인내하는 '선승'의 자발성과 '고시원'의 열악한 조건을 참아야만 하는 '외국인노동자' 또는 그밖의 약자에게 '강요된' 인내 사이의 차이를 의도적으로 모른 체함으로써 오히려 그 차이를 더 두드러지게 만든다.

"괜찮습니다 참는 것이야말로 최고의 수행법이니 / 비가 와도 바람이 불어도 불이 나도 괜찮아요"처럼 '괜찮아요'라는 말은 모든 악조건에 순응하고 어떤 일에도 간섭하지 않는 체제에의 절대적 복종과 순응이 바로 '고시원'의 생리이자 원리임을 암시한다. 이 시의 제목이 '고시원은 괜찮아요'인 것처럼, 모든 것이 '괜찮은 것'으로

받아들여지는 완전한 순응의 세계, 체제에 길든 세계, 이런 세계가 차창룡이 바라보는 '현대적 일상'이다. 다시 말하면, '고시원'은 그 생리나 원리 면에서 현대적 일상의 비유이며 암시에 해당한다. '하늘과 땅 사이에 오직 혼자'이며 '참는 것이 최고의 수행법' '나와 관계되지 않는 일에는 끼어들지 않는 미덕(?)' 등은 현대사회의 일상을 살아가는 분자화된 개인의 속성을 그대로 닮아 있다.

「실내 고행림」 같은 작품도 이런 풍자의 사고를 바탕으로 한 것인데, 헬스클럽에서 열심히 운동하는 사람들의 단자화된 모습, 고독한 수행자처럼 일상에서 애쓰는 모습은 아이러니하게도 '고통'을 참고 인내하는 수행법, 즉 '고행'을 그대로 실천하고 있는 듯 보인다. 그러나 시인의 화법은 이미 이런 '수행'에 무엇이 빠져 있는지를 명확히한다. 무의미한 고통을 인내하는 이 행위에는 자본주의적 일상의 거대한 씨스템 속에서 허우적대는 고독한 개인들만 보일 뿐이다. 일상을 살아가기 위해서는 이렇듯 철저한 자기인내가 필요하며 그 인내는 '맹목'이고 '생존의 철칙'이다. 인내를 통해 단련된 수많은 노예들이 이 자본주의적 일상의 숲을 헤쳐가고 있는 것이다.

이 지점에서 그의 풍자는 어떤 비애감을 동반할 수밖에 없다. 무의미한 일상의 반복을 견디는 인간군상들, 존

재들의 맹목적 인내는 체제의 가혹성과 폭력성을 더욱
두드러지게 만들며, 결국 그 거대체제에서 희생되고 사
라지는 약자의 모습을 슬프게 부각시킨다.

> 강가에 물고기 잡으러 가던 고양이를 친 트럭은
> 놀라서 엉덩이를 약간 씰룩거렸지만
> 아무렇지도 않게 북으로 질주한다
> 숲으로 가던 토끼는 찻바퀴가 몸 위를 지나갈 때마다
> 작아지고 작아져서 공기가 되어가고 있다
> 흰구름이 토끼 모양을 만들었다
> 짐승들의 장례식이 이렇게 바뀌었구나
> 긴 차량행렬이 곧 조문행렬이었다
> 시체를 밟지 않으려고 조심해도 소용없다
> 자동차가 질주할 때마다 태어나는 바람이
> 고양이와 토끼와 개의 몸을 조금씩 갉아먹는다
> (…)
> 며칠이고 자유로를 뒹굴면서
> 살점을 하나하나 내던지는 고양이 아닌 고양이
> 개 아닌 개 토끼 아닌 토끼인 채로 하루하루
> 하루하루 석양만이 얼굴을 붉히며 운다
> ―「기러기의 뱃속에서 낟알과 지렁이가 섞이고 있을 때」 부분

강가에 물고기를 잡으러 가던 고양이, 숲으로 가던 토끼 등은 일상적 삶을 생존의 조건으로 지닌 모든 개인, 소시민에 비유될 수 있다. 화자가 '자유로'를 달려 아침이면 어김없이 출근하듯이, 짐승들은 달리는 차바퀴를 피해 숲으로 가고 물고기를 잡으러 간다. '시체를 밟지 않으려고 조심해'보지만 소용이 없듯이, 질주하는 차바퀴와 도로는 거부할 수 없는 숙명이다.

  "하루하루 석양만이 얼굴을 붉히며" 울지만, 이런 장례와 조문은 계속될 뿐이다. 달리는 차량이 조문행렬이 되어 토끼와 개의 살점을 조금씩 갉아먹듯이, 일상적 삶은 건조하고 냉정하며 완강하다. 이런 냉정한 반복을 '일상의 위대함'이라고 부를 수 있다면 지금 시인이 주목하는 것은 이런 일상의 완강한 지속성과 그것을 숙명으로 지닌 자의 '비애'다. 어떠한 숙명, 어떠한 거대한 양식보다도 강한 지속성과 냉정함을 지닌 이런 일상의 양식은 다른 어떤 양식보다도 현대인을 복종하게 하고 규율하는 한 철칙이다.

  "고양이를 친 트럭은/놀라서 엉덩이를 약간 씰룩거"리지만, 이런 잠깐의 동요(動搖)는 곧 "아무렇지도 않게 북으로 질주"하는 일상적 행동방식으로 대체된다. 사소한 동정과 감상을 허용하지 않는 짐승들의 장례식은 그 건조함과 비정함으로 인해 이 도로가 일상의 전장, 살육의 현장임을 역설적으로 폭로하고 있다. '얼굴을 붉히고 우는 석양'은 이 점에서 인간의 인위적 씨스템인 도로와 자본주의적 일상을 슬퍼하는 '자연'의 한 모습이다.

> 열여덟 번을 집을 바꾸어 이곳에 오니 삶이란
> 그렇게 떠돌아다니고도 깃들일 집이 있다는 것이
> 눈물겹도록 고마운 일이어서
> 가로등이 나의 방을 굽어보면서 빗소리를 빛으로 바
> 꾸고 있는 것을
> 환희로 바라보고 또 바라보는 것이다
> ──「흑석동 68-15번지가 번영14길 8이 될 때」 부분

시인이 주목한 시적 비애는 '얼굴을 붉힌 석양'처럼 거시적인 차원의 숙명적 비애와 함께 아주 사적이며 개인적인 존재의 '슬픔'으로 세밀화하기도 한다. 앞의 시처럼, 그의 시는 일상의 견고한 원리와 순응의 체제를 폭로하는 동시에 그 일상을 살아가는 '자신'의 내면을 재성찰한다. 스스로의 내면을 관조하고 자신의 일상적 삶을 돌아보면서 시인은 자신이 지금 이 자본주의적 일상의 어

디에 서 있는지 생각한다.

"나는 내가 있는 곳이 어디인지 몰라 / (…) / 어디론가 끌고 끝없는 길을 나의 종은 / 가고 있어 가고 있어 내가 있는 곳 / 그곳이 어디인지 알려주려고 끝까지"(「나는 내가 있는 곳이 어디인지 몰라」)처럼 자본주의적인 일상에서 나의 위치는 "어디론가" "끝없는 길"을 "가는" 것으로 나타난다. "내가 있는 곳", 그곳이 어디인지 알려주려고 "종이자 신"인 자본주의적 씨스템은 나를 끌고 끝없는 길을 간다. 이렇게 어디론가 끌려가는 것, 이는 역설적으로 말하면 바로 내가 서 있는 '이곳'의 법칙이다.

'열여덟 번'이나 집을 바꿔야 하는 삶은 일상적 삶이 곧 유목이며 떠도는 '거리의 삶'임을 시사한다. 내가 어디에 서 있는지 알 수 없는 혼란한 삶에서 나는 떠돌이요, 무엇인가에 끌려 끝없는 길을 가는 존재이다. 그러니 잠시 '깃들일 집'이야말로 얼마나 눈물겹고 고마운가. 이것은 경제적 궁핍 속에서 '집'의 고마움을 느끼는 것과는 다른 문제이다. 집에서 가로등을 환희로 바라보는 시인의 태도는 감사보다는 경탄에 가깝다. 그 환희는 어디론가 끌려다니는, 부유하는 삶의 가벼움 속에서 갖는 짧은 휴식에 대한 고마움이고 경탄이다.

달동네에서는 웬만한 소리는 공유해도 좋다
(…)

나는 상상한다 볼록한 남자의 성기가
오목한 여자의 성기 속으로 들어가는 순간을
그 순간의 반복을
하느님이 남자와 여자를 창조하실 때 이 순간을
이 순간의 반복을
예측하고 계셨을까
그 순간이 품고 있는 배반을 배반의 반복을

(…)

달동네에서는 웬만한 소리는 공유해도 좋지만
옆집에서 신음소리라도 들려오는 날이면
내 몸은 또 에덴동산 따위는 까마득하게 잊고는
알몸의 여자를 그리워하고 마는 것이다
하느님이시여 신음소리라도 만들지 않으셨어도

—「성교에 관한 몽상」 부분

차창룡의 시는 자본주의적 일상을 화두로 삼고 있으며

151

체제비판적인 풍자를 구사한다는 점에서 지적이며 진지한 태도를 시종일관 고수한다. 그러나 이런 진지함이 지나친 엄숙주의로 가지 않는 것은 그의 풍자가 단순한 비판이나 비유의 기발함에만 머물지 않기 때문이다. 즉 다른 한편 그의 시는 엉뚱한 상상과 유머를 지니고 있다. 우주와 삶 전체를 아이러니한 것으로 파악하는 그의 세계관이 이런 희화화와 유머의 원천이지만, 종교적인 세계관과 현실비판이 서로 섞여 만드는 '속과 비속'의 경계 허물기는 그의 시적 비전을 '엄숙함'이 아닌 '웃음'으로 만든 가장 큰 원인이다.

달동네에서의 소리의 공유를 말하는 앞의 시는 '성교로 인한 신음소리'에 의해 시인의 이런 포용심이 여지없이 무너지는 상황을 보여준다. 에덴동산과 성경까지 끌어들이며 이렇게저렇게 말을 둘러대고 생각을 풀어가지만, 결국 시인의 이성은 '욕망'에 굴복하고 만다.

이 시의 핵심은 사실 '소리의 공유'라는 가난한 자들의 연대와 '이성적 포용'이 욕구와 욕망 앞에 무력화되는 과정을 보여준 데 있다. 현대사회의 일상을 지배하는 건 시인이 말한 '공유의 정신'이나 '연대감'이 아니라 '신음소리' '욕망에 몸부림치는 인간의 육신'이다.

「말장난」이라는 시에서 종교의 모든 경전을 한 구절

씩 거론하면서 그 경전의 내용이 아이러니하게 실현되는 현실을 지적하는 시인은 경전이 말장난에 불과한 것으로 되어버린 현실의 만화경을 풍자하고 비판한다. 그러나 그의 이런 비판은 다른 한편으로는 이미 지식인의 자기 비하, 희화화를 포함하고 있는 것이다.

    공자 말하기를 거친 밥에 맹물 마시고 팔을 굽혀서
  그것을 베개로 삼더라도 즐거움이 그 속에 있으니 의
  롭지 않은 부귀는 내게 뜬구름과 같도다(『논어』)

    흑석동 68-15번지에서 번영14길 8로 바뀌는
    순간
    나는 노숙자가 되었다
                                        ―「말장난」 부분

  공자의 말씀 "의롭지 않은 부귀는 내게 뜬구름과 같도다"와 "나는 노숙자가 되었다"는, 공자로 상징되는 지식인의 자기위안에 대한 풍자인 동시에 '노숙자가 된' 화자 자신에 대한 풍자를 포함한다. 자본주의적 일상에서 무색한 말장난이 된 '경전의 언어'와 그 경전의 언어에 흡사한 상황(그러나 그 문맥이 전혀 다른 상황)을 거론함으로써 시인은 이 시대가 경전이 존재할 수 없는 시대임을 폭로한다. 모든 경전은 이미 현실에서 희화화되며 그 경전의 언어는 오히려 진리가 아닌 '어처구니없는 현실' '비상식적인 사건'을 가리키는 참조어가 된다.

  말장난이 된 진리가 상징하는 것은 결국 무엇인가. 옳고 그름, 정의, 연대 등 한 사회의 윤리적 가치관이 총체적인 혼돈에 직면한 현실을 이 '말장난'이 암시적으로 보여주는 것은 아닐까. 일상의 자질구레한 파편성이 모든 영속적 진리를 '말장난'으로 만들듯이 현대의 거대한 '일상성'은 모든 '윤리'와 '가치관'을 자신의 편의적 이데올로기로 왜곡하는 것이다. 그리고 이런 불가항력적인 '적'을 직시하는 순간 시인은 한없는 '비애'와 '부끄러움'을 느낀다.

> 저 한없는 거부의 유연함
> 갇혀 있기 싫다고 끊임없이
> 유리벽을 들이받으나
> 워낙 부드러워서 자해하지도 못하는 저
> 물렁물렁한 것이 어찌 정력제가 된단 말이오
> 의문을 품으면서도
> 나는 추어탕을 시켰다

온 마을 미꾸라지가 집단으로
잡혀왔을까
서로 몸을 비비기를
한시도 쉬지 않는 모습
들여다보고 있으니 자꾸 눈물이 난다
우리도 언젠가 저렇게 집단으로 발가벗긴 채
어항 속에 갇힌 적 있었던가
가루가 되어서도
매콤한 국물이 되어서도
비폭력의 저항을 굳게 믿은 적 있었던가
무저항의 저항이야말로
진짜 힘이라고 목청껏 외친 적 있었던가

—「미꾸라지」부분

"서로 몸을 비비기를/한시도 쉬지 않는 모습/들여다
보고 있으니 자꾸 눈물이 난다"처럼 시인이 갈망하는 것
은 사실 이런 쉼없는 교감과 연대가 아닐까. 진정한 저항
이 지칠 줄 모르는 교감 속에서 생긴 연대의식과 자기희
생에서 나온다는 것은 어쩌면 시인이 내면 깊숙이 감추
어놓은 신념일 수도 있을 것이다.

"우리도 언젠가 저렇게 집단으로 발가벗긴 채/어항

속에 갇힌 적 있었던가/가루가 되어서도/매콤한 국물이 되어서도/비폭력의 저항을 굳게 믿은 적 있었던가/무저항의 저항이야말로/진짜 힘이라고 목청껏 외친 적 있었던가"와 같은 시인의 질문은 과거에 대한 기억의 문제와 현재적 일상의 문제를 동시에 떠오르게 한다. 즉 '미꾸라지'를 보며 망각된 기억의 단편을 찾아내며 시인은 묻는다. 우리 역시 저렇게 갇혀 있었고 온몸으로 '비폭력의 저항'을 실천한 적이 있었던가.

대답은 분명 "그런 적이 있었다"지만, 이 대답 속에는 '그런 날들은 모두 지나갔다'라는 의미도 함축되어 있다. 시인이 자꾸 눈물이 난 이유와 결국 "독한 산초가루"를 뿌리며 "어차피 미꾸라지는 잡아먹히기 위해 태어난" 것이라고 말하는 이유는, 이제 그런 낭만적 '저항의 시절'은 모두 흘러갔다는 생각 때문이다. 현실체제에 조용히 순응하는 것, 그것이 정력제라는 '추어탕'을 시켜 한끼 식사를 하는 중년의 한 쓸쓸한 일상인 것이다.

순간,
나는 플라타너스가 엄청난 저항세력임을 깨달았다.

한미 FTA 반대집회가 한창일 때였다.

경찰의 곤봉이 햇빛에 반짝이자
은행잎은 노란 색깔로 몸을 바꾸었지만,
플라타너스 이파리는 바닥을 구를지언정
끝내 색깔을 바꾸지 않았다.

피부는 온통 버짐투성이
개미들이 피부 속으로 기어들어올 때에도
플라타너스는 꼰대발 서서
빌딩의 키를 이기는 데만 골몰했다
　　　　　　—「기온이 막 영하로 떨어지는」 부분

이번 시집에서는 일상적 삶의 비애와 '저항'이 상당히 중요한 의미를 차지한다. 앞에서 거론한 「미꾸라지」처럼, 일상의 삶이 모든 저항의 기억을 과거로 만들어버리듯이, '지금, 여기'는 배반과 전향, 변절의 시대이다.

경전의 신성한 진리도, 토끼, 고양이 따위 짐승들도, 가난한 시인도 모두 피해갈 수 없는 것, 그것이 바로 거대한 일상의 힘이다. 이런 일상 앞에서 어느 누가 변절과 전향을 안할 도리가 있겠는가. 그야말로 '세속적인 힘'이 모든 정신을 지배하고 있는 것이다. 이런 상황이 차창룡으로 하여금 '풍자정신'을 불러일으키고 있는 것이다.

앞의 시에서 "플라타너스가 엄청난 저항세력임을 깨달았다"라고 말한 이유는 우선 플라타너스가 색을 바꾸지 않는다는 점 때문이다. 색을 바꾼다는 것은 '전향' 혹은 정치적인 의미로는 '변절'을 암시한다. '미꾸라지'나 '플라타너스'에게서 저항을 읽는 화자는 그 저항의 무력함과 시효만료를 보고 있지만 그 저항에 대한 향수만큼은 버리지 않고 있다. 모든 저항이 흘러간 '과거의 것'이라는 냉정한 의식과 그 저항의 표상에 대한 시인의 집착은 양면적이다. 일상의 거대한 힘과 씨스템의 전지전능한 힘을 수긍하고 직시하지만 정작 시인이 그리워하는 것은 그런 현실의식과는 서로 어긋나 있다.

"가끔 돌멩이가 새가 되어 전국적으로 날아올랐으나 몇미터 날지 못하고 추락했다"(「희귀한 자연석을 모아서 집안에 두고 즐기는 사람들이 있다」)와 "한때는 가난한 사람에게도 희망이 있었다 / 가난을 이기고 일어선 위인들의 이야기가 별자리였다 / 가장 어두운 시간을 견뎌야 아침이 온다 // (…) // 우샤스를 깨우기 위해 소년은 신문을 돌리고 / 아버지는 소년이 돌리는 신문에 석유를 붓고 불을 지핀다"(「아쉬빈의 후예들」) 같은 시구절들은 시인의 '저항'에 대한 양면적 태도를 보여준다.

현실을 지배하는 일상성의 완강한 틀 앞에서 '저항'의 의미가 어떻게 무력화되고 있는지 바라보면서, 동시에 시인은 "아쉬빈의 후예들"을 주목한다. 어둠속에서 새벽을 깨우는 신, 아쉬빈은 그의 시에서 어두운 일상에 갇힌 '국민'을 깨우는 존재로 표현된다. 신문배달 소년과 FTA 시위에서 자신의 몸을 불태우는 그의 아버지는 모든 저항이 추락하는 돌멩이와 같은 현실에서 여전히 새벽을 깨우기 위해 자신의 몸을 태우거나 분주히 질주하는 영혼들이다. 차창룡의 풍자는 이 점에서 일상의 만화경을 희화화하는 것과 내면적인 비애와 갈등을 스스로 관조하는 자기풍자의 두 가지 특색을 모두 지니고 있는 점이 특징이다.

이처럼 현실에 대한 날카로운 직관력과 저항의 가능성에 대한 그의 시적 모색은 차후 그의 시의 향방을 결정짓는 중요한 요건이라고 할 수 있다. 현실파악력이나 풍자정신은 차창룡 시인의 관심영역이 정치, 사회의 전 영역에 걸쳐 있을 만큼 폭넓다는 점에서 의의가 있다. 또한 시인의 섬세한 내적 관조력은 외부에 대한 풍자정신과 함께 시인의 자의식을 이끌어가는 중요한 힘이다. 이 두 힘이 과연 어떤 조화점을 찾아나갈 것인가 하는 것은 이후 차창룡 시세계의 중요한 변수이자 관건이라고 할 수 있을 것이다. 하지만 그의 시적 지점을 만약 『고시원은 괜찮아요』에서 굳이 뽑아 표현한다면 "붉게 우는 석양" 정도에 해당하지는 않을까. 기우는 태양처럼, '저항의 시절' 역시 가고 있음을 직시하면서 자본주의적인 일상의 풍경을 묵묵히 바라보아야 하는 시인의 내면 속에서 우리는 어쩌면 "얼굴을 붉히고 우는 석양"을 발견할 수도 있으리라.

金春植 ┃ 문학평론가, 동국대 국문과 교수

시인의 말

또 떠날 때가 되었다

새벽, 아득한 곳으로부터 점차 가까워지는 새의 노래가 그날의 일기를 말해준다. 어제는 비가 왔었는데 지금은 갰구나. 다닥다닥 붙은 흑석동의 주택들 사이를 비집고 올라온 나무 위에서 새 몇마리가 하는 말이다. 이제 며칠이면 안녕이라고. 또 한 집이 떠났다. 재개발 직전의 흑석동에 빈집이 늘고 있다.

나의 행복은 가끔 불행으로 변신하기도 하지만, 괜찮다. 나의 불행 또한 행복으로 변신하기도 하기 때문이다. 긴 애벌레 시절을 지나 꼼짝없이 죽어지내야 했던 번데기 시절을 거쳐 나비가 탄생하듯이, 행복은 그렇게 변신하는 것이고, 불행도 그렇게 변신하는 것이다. 나의 행복도 나비가 되었고, 나의 불행도 나비가 되었다. 나비만 되면 어디든 훨훨 날아갈 수 있을 줄 알았는데, 나는 여

161

전히 흑석동의 재개발지역을 배회하고 있지만, 괜찮다.

네번째 시집을 정리하고 보니 이번 시집이 첫번째 시집의 세계와 비슷하다는 것을 발견했다. 첫 시집의 시들이 내 태생으로 형성된 날것의 현실이었다면, 이번 시집의 시들은 세상을 배우기 위해 길을 떠난 청년이 방황을 마치고 돌아와서 맞이하는 '삶은'(익혀진) 현실이다. 끝없이 걸었지만 사실상 한발짝도 나아가지 못했음에도 이 출발선상에서 커다란 안도감을 느끼는 것은, 기실 길을 잃고 헤매다 마침내 집에 돌아온 것이기 때문이다.

이제부터는 사랑을 노래할 수 있을 듯하다. 세계는 아름다운 면도 있고 아름답지 않은 면도 있지만, 바람직하지도 바람직하지 않지도 않지만, 어리석지도 어리석지 않지도 않지만, 비판받아 마땅하고 저주받아 마땅하지만, 그 모든 것들을 통틀어서 사랑받아 마땅하다.

앞집과 뒷집의 지붕이 뚫렸다. 마지막 세입자가 그 집과의 인연을 끝내자, 재개발조합은 집 없는 사람들이 들어와 살지 못하도록 벽과 지붕을 부숴버렸다. 또 이사할 때가 되었다. 나비는 옥상에 올라가 지친 날개를 접고 한

강과 남산과 인왕산과 북악산과 북한산과 보이지 않는
모든 강과 산을 오래 바라보았다.

  세상과 나 자신을 발견하게 해준 여행의 동반자에게
이 시집을 바친다.

2008년 봄
재개발되는 흑석동에서
차창룡

창비시선 287

고시원은 괜찮아요

초판 1쇄 발행/2008년 4월 21일
초판 2쇄 발행/2011년 6월 20일

지은이/차창룡
펴낸이/고세현
책임편집/황혜숙
펴낸곳/(주)창비
등록/1986년 8월 5일 제85호
주소/413-756 경기도 파주시 교하읍 문발리 513-11
전화/031-955-3333
팩시밀리/영업 031-955-3399 · 편집 031-955-3400
홈페이지/www.changbi.com
전자우편/literat@changbi.com
인쇄/한교원색

ⓒ 차창룡 2008
ISBN 978-89-364-2287-5 03810

* 이 책 내용의 전부 또는 일부를 재사용하려면
  반드시 저작권자와 창비 양측의 동의를 받아야 합니다.
* 책값은 뒤표지에 표시되어 있습니다.